李宏伟,四川江油人,现居北京。著有诗集《有关可能生活的十种想象》、长篇小说《平行蚀》《国王与抒情诗》《灰衣简史》、中短篇小说集《假时间聚会》《暗经验》《雨果的迷宫》、对话集《深夜里交换秘密的人》等。获吴承恩长篇小说奖、十月文学奖、徐志摩诗歌奖等。

你是我
所有的女性称谓

李宏伟 著
上海文艺出版社

习惯距离

我妈和我爸出门的时候,总是
跟在我爸身后一米左右
他快她也快,他慢她也慢
偶尔,我爸会停下来等着我妈和他并肩
但走不了多远,我妈
又精确地落后了

我和我妈出门的时候,紧紧
攥着她的手,让她走在我身边
但不知道什么时候
我妈又退回到那一米左右的地方
只剩下我的左手微抬
保持了攥的动作和力度

必然要谈到时间增生,在时间
关节里,镜子活动自如如蛇行
还请您再说出一个名字备用
卡巴拉怎么样?没收他的骰子怎么样?

"再打扰一下。坎贝尔先生在等着。"

看看,谁在这场比拼耐心的游戏里
率先认输,不言而喻
再约个日子,专门听您谈谈痕迹全无的 neverness
现在,我们和您一起告退
坎贝尔一家来了呀!他们人呢?

注:博尔赫斯接受《巴黎评论》专访时,其秘书苏珊娜先后三次打扰,提醒有关坎贝尔先生的事,诗中三句引言即三次具体的提醒。本诗亦取用了本次访谈的不少词语与说法,最后一句是博尔赫斯道别前的原话。

目 录

一生中，每个人都会被闪电击中七次	001
坎贝尔先生还在等着	002
习惯距离	004
陌生一种	005
即将被强拆的房屋自行离去	006
在高速路上翻看一本诗集	007
自己的死者	009
坐在父亲旁边喝酒	010
如此的蓝，让我坐立不安	011
梦见老虎的尸体	013
等待失眠	015
惊吓十四行	016
尘埃落定	017
身体里的坟	018
2017年10月3日20:18，新浪网《美国拉斯维加斯枪击事件已造成59死527伤》这条新闻下，"支持"数靠前的十条评论	019
北方抒情诗	020

拒绝	021
在香山	023
绣罪	024
折叠十四行	025
假如死者全部复活	026
自画像 2016	027
夜饮	028
一个女人	029
天津西站,一只喜鹊的素描	030
熟人	034
死于清明	035
等待一次子弹	037
为影子的一生	038
欢乐十四行	039
死亡计划表	040
女大十八变	041
你是我所有的女性称谓	054
浩瀚三折	055
自画像 2015	058
夜听不知名鸟啼有感	059
来自永恒的临时垂青	060

东山，西山：海宁纪	062
在桥上吹奏巴松的男人	065
寻找大海的量词	067
后湖午后	069
两次看见艳红嘴唇	078
内向	080
在生日	081
自画像 2014	082
先生，请站起来再死一次	083
请给我彻底的贫乏	085
斯芬克斯圆柱舞	086
我见过生命对人的折磨	088
理性的大人更善于把监狱填满	089
他从身上取下苹果	090
有关可能生活的十种想象	092
周边事物	106
给自由消炎	115
声音，哦，声音	117
种下一棵树	119
在星期一谈论死亡	121
黑暗十四行	123

思念十四行	124
爱情十四行	125
致永恒静默者	126

一生中,每个人都会被闪电击中七次

每一次都没有预期,没有防备
你在遛狗,开车,喝酒,打牌,闲聊
或者,正坐在竹林,等候竹笋拱破陈旧的土地
闪电就劈了下来,击中你身体的不同地方
这足够的场景,足够你老来坐在摇椅上细数
也有那么几个人,当他们终于入了土
自以为完事大吉,闪电又劈进来
击中他们的额头,凑够一生中必要的数

坎贝尔先生还在等着

没关系,先生,您尽管谈下去
谈庭院、玫瑰、水井、刀子,谈一只手
在将要对决的前一刻,将一匹马
重新放回棋盘上的马槽前
您谈到风从它的鬃毛间穿过了吗?

"打扰一下。坎贝尔先生来了。"

那复数的四五首诗,您能再给指一指吗?
那些漏斗,那些黄金,那些六弦琴
到底是怎么归位的?
如果可以,请谈一谈柏拉图
如何在这个问题上提前限定亚里士多德的

"坎贝尔先生还在等着。"

哦,当然,当然。时间不可避免

陌生一种

我和我妈并不太熟
她不识字,不说普通话
甚至也不懂英语
她不知道我
在想什么,想做什么
(重来一遍也一样)
我和我妈并不太熟
她摆到桌面上的
是一堆沉默的坚果
我要敲开,吃光她的果仁
但破碎之后,并无一物

即将被强拆的房屋自行离去

钻孔机与推土机身不由己,站到了最前面
他们笑得苦涩,金属阳具上都是滑石粉和歉意
即将被强拆的房屋叹息一声
矮身拔脚,像变形金刚那样从闹市离去
既然不能庇护房主具欢颜
不能寿终正寝归于泥
不能忍受汽油与体液自杀式的交相洗礼
不如保留残余的自尊,自行离去
离开原地几万里,隐于山野
青山绿水,有其他同感的空旷房屋相守
终将守得满坑满谷的废墟

在高速路上翻看一本诗集

如果这时候有风,也会往东北的钝角吹
像喷泉里散步的狮子,清爽地露出舌苔
天空一动不动,把火的浮沫撇倒
是探亲的时令,四个小时不停蹄的火车之后
接入一小时的虎跃,人群嗡嗡,车流淙淙
还有三个分散的位置,供你安放一个核心家庭
所幸挨着过道,双腿可以斜着伸进无主之地

一只苍蝇从负面起飞,沿抛物的线团
轰炸一些手指、头发、耳垂,途经公共的阴部
那里必定有什么在腐烂。赤脚的芭蕾舞步
在挡风玻璃上揉搓,复眼回眸
看见成百重叠的男人手捧一本蓝色诗集
逐页翻看高速公路,长长短短,深深浅浅
磨合字形与韵律,从日常的卵石上磨出棱角

半密闭空间向超车道变向，轰鸣、震颤
临近散架的全金属乘客必须加满一百二十迈
才能保持后退，保持谈笑风生，保持恒温的
尘土、手机、瞌睡、抚摸、哺乳、口臭、扑克，全金属的
多愁善感。玉米地的残兵、教堂的利息、收费站的炊烟
通通在展开的同时又卷起，卷轴稳稳地
握在作者照片里，用词语行稼穑的老于坚的手里

司机骂了句娘，把窗户开得更大，放进拥堵的地方志
出口能够望见，城池露出高点
巨大的钉子在铺满砖块的广场上越钉越深
你从座位上拔出妻子和女儿，装进行李箱
来自西南的诗意和湿意也倒进保温杯，拧紧
身受凌迟之苦的石像的俯瞰下，你们找到新的候车室
换上预定的布鞋，换上一条颠簸的无法阅读的道路

自己的死者

每个人都有自己的死者
放在贴身衬衫的兜里
日常生活中突如其来地
随时随地体贴他的音容笑貌
甚至在肏自己,或者肏别人的时候
你也舍不得脱下衬衫,拿出死者
以免丧失他的体温

也有人把死者放进钱夹
放在储蓄卡和信用卡中间
放在纸币和硬币旁边
每当你支付完毕,索要购物小票
或者用指甲刮开发票的中奖区
他就瞪着你
瞪得你这个打算减肥的未亡人
心里发毛,浑身长毛

坐在父亲旁边喝酒

花了三十五年,我坐到父亲旁边
玻璃杯透明,适合作颜色的刻度
黄酒的黄,红酒的红,啤酒的沫
父亲喝,儿子喝,父亲和儿子一起喝
喝没有白色的白酒,喝这杯火

再过三十五年,父亲坐到我旁边
陶瓷杯结实,可以称感情的重量
亲爱时笑,憎恨时怒,思念时哭
父亲喝,父亲喝,两个父亲一起喝
喝并不沉的沉默,喝这包火

三十五年前,父亲一个人喝酒
三十五年后,也许我桌旁独酌
一杯与另一杯相碰,两杯都是虚无
儿子喝,父亲喝,儿子和父亲在两边喝
喝忘记死的死亡,喝一生的火

如此的蓝,让我坐立不安

天空如此的蓝,醉汉戴一草帽风出门,让我坐立不安
土地如此的蓝,向导双手抹满野蜂蜜,让我坐立不安
房屋如此的蓝,三万尺水井围住院墙,让我坐立不安

河流如此的蓝,过河的人成为第三条岸,让我坐立不安
山坡如此的蓝,撕开衣服露出玉米颗粒,让我坐立不安
输电塔如此的蓝,高压线渡不过几只寒鸦,让我坐立不安

车辆如此的蓝,柴禾的根烧成灰烬的图,让我坐立不安
马匹如此的蓝,展开翅膀向火取暖,让我坐立不安
沥青如此的蓝,停下道路听取树的誓言,让我坐立不安

果实如此的蓝,头发向内深长,让我坐立不安
红色如此的蓝,拍一下转身大喊,让我坐立不安
北方如此的蓝,种下教堂只露出尖顶,让我坐立不安

疯狂如此的蓝，走过来唤醒，让我坐立不安
颤栗如此的蓝，掌声失去层次地回响，让我坐立不安
收获如此的蓝，有嘴者一起咀嚼，让我坐立不安

妻子如此的蓝，望向方言外面，让我坐立不安
女儿如此的蓝，用沙滩创造海洋，让我坐立不安
九月如此的蓝，倒下的会再站起来，让我坐立不安

梦见老虎的尸体

下雨天梦见老虎的人
身上一定有一座古典森林
那里百木蓊郁,雀鸟安稳
阳光密密匝匝,没有办法流淌
即使硬生生拨开叶丛,泄向地面
也只布下斑斓的针脚织锦

众兽的教父平地而起
他步履踏实,目光深远
他并不携带武器,亮出牙齿
用千里啸声巡行梦的辽阔
但尾巴真实存在,尾巴左右
扫荡羊齿草和泥土,扫出风
老虎跃上蹲伏已久的巨石
把大雨和做梦的人一口吞掉

就是在这样的下雨天

我梦见一具老虎的尸体

他浑身破绽,半浸泡于拔节抽穗的稻田

两条后腿的填充物完全被人掏空

幸好插线和嘴巴完好无损

只要有电,老虎随时可以

露出微笑,让自己湿漉漉地歌唱

等待失眠

床与床单与药片是现成的
书与书桌与刀子是现成的
酒与右手与隔壁的笑声是现成的
坐进拉萨的枯夜,等待失眠
差一点,只差一点
要不是衰竭的氧气管在房间里吐满泡泡
泡泡里装着没有打扫的标准间
要不是在北京睡醒,清晨即起的男人
在椅子上坐下,将你替换

惊吓十四行

我们从哪里开始?爱人
一次谈论中的提及,一种风的铭记
一棵树下的遥望时刻,你
掬清澈的江水出现,双手白净

爱是如此精准,如同众神的手动指定
但爱首先是惊吓,是未知的路
要自行生长,或者,是时令在你身上长草
而群蜂在侧,将你刺探,将你采集

并不敢轻易酿就如晶之蜜,并不敢轻易
就此,沿着针尖滴在焦渴的咽喉
即使对面有人带着鼓励在窥探

当我再次来到楼顶,隔着玻璃向永夜望去
爱人,愿在我的身体内部
仍旧传来你的啼鸣,一阵舒缓的颤栗

尘埃落定

灰尘落到书上,我擦,灰尘落到手上
我擦,灰尘落到肉上,落到筋上,我擦
灰尘落到血管里,灰尘落到血液里
我擦,我擦,我擦,我擦,我擦
灰尘落进骨头和骨髓,落进黑暗的心脏
我以为自己会困在落与擦之间
直到把自己由里向外翻出,擦成灰尘
但灰尘穿过眼睛的缝隙,穿过呼吸的缝隙
一尘不染地落进地板上
我的影子的纹路里

身体里的坟

当我用时间和酒肉
用不停止的呼吸
在身体的中部
堆起一座温暖的坟
我是否还是
自己的未亡人?

2017年10月3日20:18,新浪网《美国拉斯维加斯枪击事件已造成59死527伤》这条新闻下,"支持"数靠前的十条评论

"不说别的,治安中国的确比美国强。"
"白人,没有中东背景,富人,不是亚裔,不是华裔,这邪恶怨不得别人了吧"
"那个说美国好的同学出来走两步"
"美国的空气不是甜的,现在怎么是血腥味的"
"近的说,美在叙利亚打死多少平民?"
"一个手无寸铁的老人合理的表达诉求而已,你居然派特种部队把他击毙???"
"米国人民在不能通过正常渠道表达诉求时,有时不得不求诸暴力。"
"国家暴力,人也暴力。"
"像施瓦辛格拍的电影情节……"
"万能的上帝啊,你不是万能的吗,为什么你不制止邪恶?为什么你不保佑你的子民?"

北方抒情诗

电线上的鸟
寒冷的标点符号

拒绝

作为一个编辑,我有很多理由拒绝
特别是电话投稿的作者

"您好,我叫塞万提斯,写了一部长篇《堂吉诃德》……"
"对不起,题材已经过时,出版不了。"

"您好,我叫曹雪芹,有半部《石头记》……"
"对不起,请完稿之后再打电话。"

"您好,我是托尔斯泰,我新写完的《战争与和平》……"
"对不起,篇幅太大,可以压缩到二十万字以内吗?"

"您好,我叫乔伊斯,我的《尤利西斯》……"
"对不起,色情内容太多,标点符号太少。"

"您好,我叫李宏伟,我有一本……"

电话直接挂断,连一句"对不起"都没有

在香山

流动的小贩,扮成诸葛亮
羽扇纶巾,身上挂着葫芦丝
彩色的珠串,横穿车道
一个女人猛地迎上前,递过一张纸
"上帝爱你!"女人说
孔明先生退后半步,想要稽首回礼
又半途收手,摇摇羽扇

绣罪

这个陌生女人,紧挨着我坐下
她拿出一幅十字绣
一针一针,继续古典的春景
每一针,针尖都朝向我,指到我脸上
逼得我有规律地偏头避让
当电脑里斯科塞斯的《沉默》
远藤周作的《沉默》
放到一个日本女人向神父告解时
我也终于,被细密的针脚
绣出了满脸的罪

折叠十四行

让我把自己折叠进你的身体,爱人
这尘世凭借与行使的一切,这一刻
折叠进你的目光、叹息,折叠成
从你那里斩获的新生皮肤的颤栗

倘若在我与那不可知的寂灭之间
尚有足够屈伸的距离
我也要将它折起来,作为不透风的叶
和有限的花,装满你留出的缝隙

你的曲线在我掌中,我下坠的
永不餍足的贪念在你的内里
如果它们足够柔韧,如果它们足够缠绕

爱人,我汗珠密布的脱水灵魂
会在你种子的中心,撑开
撑开阴影越发稀薄、呼喊越发频密的面积

假如死者全部复活

假如死者全部复活,不再死去
我们抬起的脚可以小心轻放
也可以重重落下,地下已经清空
不必担心脚步声震动了谁,惊吓了谁
又是谁,在那时颓然独坐

假如死者全部复活,再度死去
我们本已痊愈的中弹的地方
自行绽开皮肉,顺着新鲜的弹孔
涌出受害者的激情、加害者的创痛
而冒烟的枪口,仍深陷其中

自画像 2016

得到一些声音,丧失一些声音
在一年、一月、一时
只要指定,声音就保持平衡,尊重守恒
然而临近关头,左耳自行其是
生产了持续的微苦的鸣响
密码早已消匿,或尚未编制
必须久久凝视不腐之物
灰尘、光线、翕动的唇
才能认准贮蜜的巢,变形的通道

夜饮

这不算什么

把我们喜欢的姑娘都叫上

房梁上的那个也算

凑成整桌

一杯一杯喝下去

直喝到所有人都透明

心啊肝啊肺啊,一应零件与零碎

都盛到条形盘子里

直喝到有个人痛哭流涕

站起来就走

连个拥抱

都不留下

一个女人

我说起思念与爱与做爱
你长久的沉默
像是关掉灯的手术室

天津西站,一只喜鹊的素描

1

先于火车到达,像一把雪

落在八月的沙丘上

2

沿铁轨给出的平行直线

喜鹊跳跃,踱步

翅膀拢在身体的两侧

并无用处

3

前行两三步,低一次头

寻觅真实的食物

在砾石上,在沙粒间

在人的投影下

4

女儿放下手中的书

封面上，是另一只喜鹊

5

在原地，左转或右转

圆的眼睛

看得到长方形的车门

看不到椭圆形门玻璃背后

站立的我

6

三秒，只需三秒钟

和我互换灵魂

喜鹊会看到什么

空，还是空

此外全是静止的影子

7
往前去,到视线之外
谁都知道是暂时的
脑中补充了喜鹊的叫声

8
排水管,散热板
钢铁的支架平地而起
喜鹊感到了森林的结构
感到了自己
中空的,轻盈的骨头

9
"喜鹊。喜鹊。"
女儿喊着,跑到我身边
她的手指发明了一只鸟

10
走过的人,没有谁停下来
站在中央,看看四周
时间在涌动,声音在流散
喜鹊吐出食物,在冥想

11
火车启动,离站
喜鹊以成百个重合的身体
轻轻跃起
消失在站台上

熟人

那个熟人径直走来
在沙发上坐下
拿出一把小剪子,剪着拇指上的倒刺
他露出由下往上的笑容
问我的家庭、爱情、收入
还问了我的疾病
他清了清嗓子
准备问我是谁,从哪里来,到哪里去
我耐心等着,等着他问
等着他熟透

死于清明

那少数几个因为其死亡
让我身体上某个地方被永久折断的人
他们并不死在这一天

那少数几个我不会直呼其名
甚至还有我至今不知道其名字的人
他们并不死在这一天

那少数几个我没赶上其临终
看着死亡在他们脸上瘦下去的人
他们并不死在这一天

那少数几个会到我梦里来
但是只来看望,从不诉苦的人
他们并不死在这一天

你，你，你，你
我目前可以数到四，不可能一直只数到四
你们四个人，每到清明
我都以思念让你们活过来
让你们单独为我死在这一天

等待一次子弹

幕布完好无损,在这边
厌倦了绞刑架、断头台
厌倦了原地不动
我等待一次子弹
一次直击心脏,延宕心理时间的子弹
帮助我向前倒去,撩起一点幕布的缝隙
撑开我的眼睛
完整经历一次也未必可信的那边

为影子的一生

每当他在床上躺下、睡着,我这个影子
就先在墙上安静,然后站起来
喝他的酒,唱他的歌,翻他的书
长他的肉,得他的病,思他的想
拥抱他的妻子,亲吻他的女儿
然后和他一样,吃墙
吃给了我实体的墙,吃光墙的两面
然后对着他一生空无的投射,发一夜的呆

欢乐十四行

由痛或痛苦转折的欢乐是最常见的欢乐
封闭在环形通道里,棘刺密布
在你以为是伤害的惶然一刻
爱意的蜜汁顺着身体,纵横成丘壑

更强烈的欢乐来自间奏的空白、序曲的等待
面对面贴着墙壁向铁笼里下沉
来自不断延阻、不断加大的引力
铃声一响,所施与的回旋性的强力抽打

涌动的泡沫和波浪都是可以表述的
暗藏的刃口和刀尖都是能够深入的
只要你的面庞浮现,时间就会慨然流逝

爱人啊,当我在夜里隔着整片毛玻璃想你
欢乐就从深渊里掏出黑暗的绒布
从左至右,把所有的记忆擦至无明

死亡计划表

人都是要死的,一份死亡计划表
核心是时间,是在多少岁死去自己可以接受
最初是二十五,对一位诗人的模仿
然后是三十,那以后的生活我没法想象
有了女儿后,我又决定
至少要活到她长大,甚至嫁人
为此,我可以偶尔戒戒酒,时常跑跑步
就是这样,从十二岁开始
我一再修订有关死亡的计划表
就好像死亡是我的一位合伙人,或者
是总会在合同上签下名字的乙方

女大十八变
——写给刘芳、李纳爻姐妹

1

首次出生的女儿,父亲是你们首先的变体

2

你站在大海金黄泡沫的一边
看时间变换两个尚未完成的女人

3

翻遍客厅的所有抽屉
也找不齐足够的瞎子,可以
准确预言幼儿园老师明天的表情变化

4

一块积木的一角建筑一座蓝色城堡
一双旱冰鞋在大地上打了个小结

高高抛起的毛绒玩具终究落回沙发的凹陷
一次哭泣抵消一本童话的变量

5

发动一场奶油蛋糕层面的政变
豌豆荚士兵通通缴出冰激凌子弹

黄昏被半勺子一勺子地舀了进来
笑声、礼物、旗帜和时间已做好登记

众口吹灭的蜡烛先行请妈妈点燃

6

四岁之前,要做到这些并不容易
不进入河滩,分得清流水往东还是往西
在黑暗中躺好,数出一百枚绵羊硬币

穿好衣服,刷干净狮子的牙齿,独自关闭电梯
推开手臂和目光,完成六十度的攀岩游戏
四岁之前,表格里每填上一项就变更一次主语

7
医院里的歌声,是下降的,黑色的
味道浓烈的歌声,沿着她的背脊
查房的医生用手电筒照亮房间里的铁床

照见自闭的伤口,穿红衣的单人
照见手术室门口座椅上等候的花盆

他静默片刻,柱形光捂住手掌
一缕缕漏出产妇那上升的变调的笑声

8
还在雨水中,石子的晶莹剔透还在雨水中
两只袋鼠一样蹦跳的衣兜还在雨水中
向斜下方揣入的小手还在雨水中

停顿、捡拾、洗涤、握紧,还在雨水中
一条路甩过树丛,一路跑过欢叫还在雨水中

从一楼到十四楼的变迁还在雨水中
门敞开,所有光亮的斑点还在雨水中
雨水放松,落入鱼缸的雨水还在雨水中

9
旋转木马变本加厉,游乐场的上午马不停蹄
三分钟一圈,踏遍粉红色的梦幻自留地

为了充值,多动症的动物刷完短短的尾巴
他们埋伏在充气密林里,小心等候
一旦有兔子靠近,即强行为她充满感叹的语气

也许是一声尖叫,也许是蹦蹦床上用力一跳
踩着空无而准确的云梯逐级攀援视线

当她下落的时候,两翼悬垂若浮云
一翼挂满和平武器,一翼披满绿色地衣

10
最初的爱情必然以玫瑰的头颅变向
最后的爱情必然包含一颗入口即化的奶糖

测量的工具在手,但你不知如何
把这段游动的测不准阴晴的距离移交

法定的男孩在门口维修法定的钟表
他随时可以脱下灰色的连帽衫,无中生有限

因此他并不用耗到时间完毕,他只是眨一眨眼睛
吹出野猫跃上枝头,化身鸽子飞走的口哨

那站在窗前观望,眼里溢出蜜汁的
是你守望如己的,必然回不到童年的姑娘

11
无目的的老虎飞向中天
刚成年的老鼠正在练习购物

世界以镜子苍茫运行
吸纳众兽顾长的经验,填充
无端的饱和的栅栏

一旦电话在假日前夕接通
快递员戴上头盔,接踵而至
她们一面拆开包裹验收,一面
签下一个名字可能的变数

一笔一画的简约架构
修正命运合二为一的皮毛斑斓

12

名词改变事物的核心,当她被手指体认
当她被两个背靠背的小女孩数着拍子
剥开辛辣的多汁的鳞片,毫不停留地推进

没有怜悯,没有不适应的敏感
她们摸,摸过干燥的水,摸过溺毙的火
柔软的触手抵达名词的淋巴与喉结

摸到摆布颗粒的微微突起的蓓蕾
以及其他一切可以导向一具女人身体的比喻
但这时已发生偏离,她们回到歧路
一盘盘词语块茎端上了亮白色的树脂餐桌

她们剥光了事物,预备要果腹的碗里
倾注一年一度的仍在发育的等身的眼泪

13
反刍吧,共在的血
这隔着管状构造相互呼吸的,并不新鲜的黑色
分别从平原的深处与城市的更深处
提出约定,得以在星空怔忡的时刻

辅助性地发明,一种黏稠的
两端无限逼近的原则。重合若揭,扁平如杏仁
带些苦味,聚变折痕被抚平的惊悸

是的,床上忽然坐起难得平衡的长颈鹿
她迈开步子,站定卧室正中央

梳子状的牙齿,冗长的舌头,粗糙地伸进意识里
够着了金合欢顶部的树叶,卷起来

送进四个格子的胃柜,同时取走秘密的血压
而横膈膜痉挛,频频回以呦呦的鸣声

14
室内花园的新学期起意于朝南的阳台
删除不予任何警诫,只以事后追认的规则设定
青春期甘甜的榛莽与腐叶聚于一盆

运用第一次化妆、涂抹指甲的低气压内燃
推动蟹爪莲、酢浆草和金龟吊兰装饰季节的尾数
绽放总是这样无可辩驳地愤怒,短暂
又不可度量地持久,挥发出灼伤的火焰

背过身去,紫背天葵一次次反对
反对在词汇贫乏的土壤中做局部调整
反对以蜗牛的涎液路径做无下限的共振

反对如山倒,有一段旋律会借此变通自制的声浪
掀开固体风的盒子,释放急剧膨胀的狂飙
席卷大汗淋漓的课本、小心翼翼的乐器
折合成一颗存在的种子,放入天使的手心

15
女儿独立、希望,固守音阶,非此即彼
她薄薄的眼睑上爬过成群的变色龙
一字线首尾衔接,从狭长的甬道写入与写出

到此会停留,不约而同地跺一跺右后脚
窸窸窣窣,成熟的尾部摩擦透明的皮肤

又是温暖来临,女儿解开睡眠与水草
睁开眼睛,专注产仔的母亲四散逃逸
尚在哺乳的父亲来不及消失在毛孔里
双方调整焦距,以全能的视角彼此观看

相持的过程漫长得只留下无谓的读表人
然后粲然一笑,白贝壳编排好蓝宝石、黑玉石
色块码放整齐的架子垮塌,油彩恢复自由

不必拘泥于高耸的鼻梁、额头与颧骨
画下十足的年轮，描出一只寒冷的乌鸦
一个早晨就这样喷绘成了一面上身的旗帜

16
谁能容忍四月末一片树叶的哗变？谁能
容忍她无视花与枝条的弯折，无视果的蕴藏
偏执地向秋天倒退，求得环形的解脱？谁

能容忍一滴水从万米高空毫发无损地落下
击打叶柄的突出部位，如霰弹枪抵住额头
砰的一声，一片水雾足以扰乱出巢之鸟的判断？

谁能眼睁睁看着主要的水分继续下坠
在经过一匹马的耳朵时放缓速度？颤栗的马
她听出了远古的尘埃，听到宇宙深处的电流声
她回忆起一匹野生的草原，扬蹄向北而去

而原地未到终点，翻滚与飘荡尚在行为之中
蚂蚁会在这个时刻找到准确的位置，伸展

她"内嵌的、雷打不动的狗屎探测器",那软弱
先是被一滴雨水淹没,后被一片树叶覆盖

谁能容忍上述迟到,谁就能接受十六岁的少女
扶住学步车,转身吐出一串说不的失眠水泡

17
分门别类,捡拾完繁忙的街头噩梦之后
你们回到居留地,在不断流动、对位的相与阶段
撩起衣角,向一个完整的假期露出腹部的阳光

这腹部白皙、短暂、平坦,兼具柔软的并发症
在折叠的间隙,隐隐生发的紧绷绷的疼痛
何尝不是阳光普照的时代的暗经验与副作用

只是假期何辜?假期在时间的碾压中何以自处?
是抬高标准,闪烁绝对理念的绝对信号?
还是泯然众人,狂乱地复写口口相传的素描?

问题亘古不变。而如外衣般外在的提问人
可以用一个坐标内化成一个成熟的流光溢彩的女人
当她的倒影如琴弓掠过琴弦地抚触影像
你们会收好遥控器,牢牢把握交到手里的答案

一杯初酿的,全是粮食莽撞信件的啤酒
她被嘴唇摊薄,充当青涩狂欢夜的模拟器
一团执著的,盖板如簧片持续发酵的蝉鸣
她在耳廓上轻而易举地封闭了立体声的电影院

18
不止是个观众,或者说,根本没有观众

在交接巨大群舞的边界,你必须营造自然的舞池
同时分出身来,停顿疾驰的身影
弯下腰去,把具体的闪电从青铜舞鞋里拿出来

象征性的黄金玫瑰、白银手枪、水晶心脏
需要一轮一轮从持有人手里赢下来

你啊,保持这样曼妙的如抒情诗的舞姿就好
舒缓、从容,永远在十五厘米开外
保持裙裾的摇摆,季节绵延不绝的群山
适当的节点,也不妨来一些得体的必然加分的变奏

然后这是众所周知的臆想,再沉稳的乐师
也不能推开椅子,代替你提前向完满鞠躬谢幕

你要舞!舞!舞!舞出预想不出的华彩
或者一身虚脱的凝滞得不成构图的基本动作
仍旧要舞,要创造绝佳的令人抛荒的双人舞
犹如无歇之鸟始终穿着她们湛蓝的飞翔的羽毛

这样当你重拾寻觅的目光,在尽可能的远处
是远离的凋零的背影。时间也有自己骑行的风姿

你是我所有的女性称谓

是妈妈,是女儿,是姐姐,是妹妹
是女教师,女护士,女指挥官,女收银员
是泛称的女人和女孩,是特指的爱人和路人
是均衡的波浪,是暴动的火舌
是我的声母,是我的韵母
是我所有的女性称谓
我必须每一次都喊应你,我每喊你一声
就给出一次全部的我,你每答应一声
我就得到一个全新的你

浩瀚三折
——回赠臧棣

1
一个人把世界清点一遍是可能的
浩瀚的链条在手里滑动,扣住一环
也就扣住了一首诗的脉门

狐狸词典因此一再随陷坑变幻替身
其行状必然面对枪口,经由交换来的嘶叫
维持在基本匀速的自转水平线

早就该推着割草机整饬小小的庭院
让笼中鸟稳住黄色的影子,啄向
露珠犹在滑落的浆果,啄向你宽厚的手掌

2
一个人把世界清点一遍是应该的
持单簧管的男人,在金属管壁的弧线外
收缩吞吐时日的肺活量,浩瀚

一点点薄下去,最后消失在日光中
失去的事物都找得到对应的空缺
找得到它排列好的一朵花浮动的暗影

这时候需要我们欠一欠身,进行
后一道工序,微微拧紧对应的蓝图
每拧紧一圈就放大一倍爆破的效果

3
一个人把世界清点一遍是必须的
断裂并非不可能,紊乱并非不可能
而冷处理是这种处境下唯一有效的可能

他还想做好平衡,还想把薄脆饼
递到松鼠嚅动有声的嘴边,得到一些
轻易就能重复的破碎成渣的失败体验

好在手里还有沙子,还有几条河岸
撒出去,让多成为一种波涛缓慢的现象
哪里能指称防波堤,哪里就浩瀚一片

自画像 2015

每一个宿醉后照例醒来的清晨
自我厌弃都在加重,身上的裂缝在变大
目光里的漏洞越来越多
然而裂缝与漏洞并不合并,并不
重合成可以全身而退的空当
并不改正在目的地前掩住面目的灵魂
还能做什么呢?不过是趴在地板上
带着耻感把自己一点点敛起来

夜听不知名鸟啼有感

有名字的声音指向名词
指向具体的羽饰,具体的尖喙
指向一根具体的舌头
一只确切的鸟形象化地使用它
确证夜色,确证孤独
确证初夏夜晚可以完全归纳的睡眠

不知名的声音指向虚词
指向虚拟的假期,虚拟的乡村
我离开熟睡的妻子和女儿
站在院子里,望向南山
那里每啼叫一次
都在我身上剥落一层铜镜里的睡眠

来自永恒的临时垂青

在呼家楼换乘六号线地铁,在
指示牌的注视下,登上一条自动的溪流
我的双腿定格在与扶梯对等的结构
我的双眼沿着对面下行的人脸上行
我的大脑还在搜索一句未完成的诗

后面的男人怀抱不安宁的婴儿,一次倾斜
撞上了我的右肩,我的额头
就势把骚动传递到前面男人的臂肘
而在统一的左侧是统一的预留的空旷
一个女人忽然出现,她静静站立
泪水就是声音,在她脸上毫无缺损地轰鸣

如同输入密码,诗句就此在眼前成型
世界的投影猛然向我敞开,伸出手去
触摸得到恒星与尘埃,触摸得到
通透的物自体,人类那共在的鲜活的核心
还有那黑色枝条上湿漉漉的幽灵

到了上一层大厅，众人匆匆分散
他们汇入新的方向，更换各自的表情
我仍留在原地，回味片刻前的光照
也许在漫长的余生，再也得不到她的垂青
我也知道，自己见识过永恒
如此短暂的永恒，长过宇宙的一生

东山,西山:海宁纪

1

从西山入,从东山出
雨水淋湿寒冷的坟墓,淋湿死者的衣服

2

眼镜,手机,嘉宾证。凭吊的三件套
往镜头深处递一枝白色的康乃馨

3

上坡,下坡,上坡。石板间填满卵石
不必要的参观者都已原路返回

4

有诗为证,石头曾经像心脏一样柔软
狗尾巴草和水葫芦都镌了红色

5

江水自西向东,江水自东向西
方位相错,错出默片时代一条海的缺口

6

穿起来,揣起来,背起来,用起来
地图鞣上了身,随随便便就是一座城市

7

芦苇短暂,铁丝网漫长
水泥台阶不出声,让你们上上下下

8

在警察的注视下交叉高低,回以虚线的凝视
人还没有离开,合影已经浑浊

9

滩涂有自己的模型,自己的成住坏空

脚下,大潮将至

在桥上吹奏巴松的男人

在桥上吹奏巴松的男人
在早晨练习对夜晚帷幕的熟悉
在没有可见度的雾霾天
练习雨季
练习麻雀绕着一株腊梅飞了三圈
跳跃着,落进狗群中间

在桥上吹奏巴松的男人
没有风景给你,桥下是孱弱的河水
肮脏的水草,鲁莽的塑料袋
流淌的都是医院和小区
在变调部分,你也自觉地
闭上双眼,屏住呼吸

在桥上吹奏巴松的男人
看着晨跑的男人,做俯卧撑的男人
听着收音机

在早间新闻和摇滚乐之间

来回调换男人的手指

他裹紧灰色的棉袄,呛了口冷气

寻找大海的量词

啤酒与交谈的无厌,足以构成动机
晚饭后约定俗成地寻找
一波人先行出发,走到桥的那边
三三两两,三五成群
时而排成人字形,时而排成一字形
一个人留在大堂,他必须
见一个人,握一次手,道一声别
算完经济账,目送出租车离开
再走出旋转门,匆忙左拐,跟踪而行

电话是可信赖的黄蜂,随时指引
大街,十字路,人行道
袒胸露怀的广场,抑郁难安的药店
即使寻找一次大海
也依旧是这些没有所指的符号领先

但大海的气味是藏不住的
扔掉词语的地图,我们跑起来
跑到大海的心脏面前,停在静脉里
黑。搏动的黑,全然的黑
黑如一场纷纷扬扬的大雪将其苍茫覆盖
足够你穿着长裤扑腾进去
足够你埋进沙滩里听见羊水的波涛
足够你离去很久之后,仍在寻找量词
条、座、个、只、本、把、具、颗
朵、匹、头
可能最丰赡的,就是极简的
大

后湖午后

即将丧失姓名的上班族,只要有一座湖
只要湖中有一座半岛,岛上有八角的凉亭
就应该慨然前往,去延宕每一个下午
在一个小时的限度内,清空淤泥的内心
实现没有缆绳、没有桨橹的自我放逐
随波而行,犹如水面上不定居的一片白云

栈桥曲折,按古典规制九次转向
木板间缝隙宽阔,声音和味道全无错漏
头顶燃烧到透明,连续敲击耳膜的太阳
脚下湖水凝滞,似一匹无从织就的丝绸
迈步再迈步,迈过水草与浮萍的闷香
双脚离开泥土,开始一个出神的午后

双手贴着身体的两侧,长凳上仰面而卧
阖上眼皮,世界渐次后退到可以辨别出层次
微风一阵阵拂过,疏朗光影身姿婆娑

荷叶如盖,敞开一间间包裹时间的密室
蝉声随柳枝摆荡,深化灵魂无休止的滑落
一切都均匀震颤,落在呼吸间的那一个汉字

蝴蝶苏醒十一维的眼睛,翅膀向上
斑斓的花纹相对折叠,酝酿连续的扇动
湿润初生,初生轻盈的可以托举的光芒
翩跹舞姿在叶片间出没,寻找梦中蓝色花丛
采撷最素朴的一朵,并无繁忙景象
偶尔失足跌落,沉睡入庄周的另一番迷蒙

又一个入口敞开,狭长的南山蜂拥
山腹阵阵蜂鸣,自然从葳蕤的南墙根坠落
石子掷过山坡,掷过菊花的悠然从容
一瓣瓣金黄的八月,如一首首五言而成的短歌
且将酒来,且将酒来与时事的喟叹一起服送
翻一翻身,茅屋与车马同样席地而坐

竹子也在摇晃,竹子也在午后得到竹子
啸聚成林,不分场合不分时机地痛哭流涕
哭英雄不出,哭放浪形骸的形象传说成了本质

波涛已起,孤帆可挂,仍有山河故土不去
纵身于醉吧,醉中的竹笋汪洋恣肆
成片走出地下,并不参与一幕幕死亡游戏

从醉到醉,还有成百的诗篇可以容让
还有影子疾走,用高楼与山冈转动星辰
转动忧愁似奶流淌,可望一饮而尽的月亮
恍然间衣袂飘飘,立于山顶一点如遗世之神
仍是孤零零孑然四顾,掏不出一腔的怅惘
待玉山倾倒,也只是阳光刺眼的宿醉时分

再翻一篇,有好友和雪而至,叩击门环
载三千里风光,一把琴声和一树梅花
一一围着火炉摆放于书房,预备相对整晚
主要解以沉默,沉默沛然言说,此外无他
而开门的那一刻,转身离去,杳然如雁
知道尘世平安,何必聚在一处把时间绞出细沙

独木舟继续漂流,偶然驻足一片孤寒
周遭苍茫,无天无地,没有可以对峙的客体
喧哗与骚动相与收缩至最寂静的原点

凝视它，扩展成一尾跳跃的红色鲤鱼
放入琉璃缸内，再垂入斑竹钓竿
一次次吞食自我泛起一圈圈他者的涟漪

辗转间也可以成功找到现世的台阶
向上。向上。上升的途径顺理成章
加速器一旦启动，世界的旋转根本无意停歇
惯于举重若轻，置身十面镜子也并不铿锵
而安于膨胀的内心，停止就是下跌
就是在着锦的前夜，亲手把鲜花埋葬

这时候传来琴声，琴声推果壳离岸
分散的家庭成员借此得以在星期一晚上团聚
举起陶瓷的杯子，滴入食指的鲜血，把水言欢
在祝词之后，确认拥有一张统一的面具
原始的腥余，自行系上不朽的金线
进而甘之如饴，拍着长凳，哼上一曲

白骨先于死亡结算，试图清账的白骨
坐卧行立，空荡荡、笑嘻嘻地举止如常
但目光和行为，终究也只是一小块拼图

即使缺失,听完悼词,梦中人一样翻身下床
放完所有的幻灯片,踩实脚下的泥土
任投影的机器哗啦啦空转,传递梦的余响

此处没有然后,然后如同水浸入冰的核心
没有过渡地凝结成冰,一个刻度的时间
膨胀成了九个格子的宇宙抽屉,可拉伸地听
意识九次涨落,趋向混沌渊面
阳光、湖水、城市,诸般要素按照日常运行
消散的指甲白,记录过一段午后闲弦

声音仍在近旁,气味仍在近旁
不能确定是身体还是遗体,她们犹疑不定
转了几圈,也掩饰不住夏日将逝的彷徨
现在紧紧吸附你,献尽潮湿的殷勤
由外及里地清洗你漫游后醒来的忧伤
让停止滑落的灵魂回到单数的人群

坐起来,鞋子穿上一双专属的赤脚
手掌从左右撑住光滑平面,撑起静的机场
器官与感官飘飘扬扬,进入失重管道

从上降落,从下提升,把载体组装
这必然衰朽的盛器,恢复对精神的嘲笑
犹如马匹食尽草料,率领远方和马路归降

半岛没有礁石,两条小径交叉又闭合
命运总在这些细节上神秘地演算
东方园林擅长折叠空间,少数几条裥褶
隐喻一个下午可能的转折与变化的无限
当然首先得站起来,平复跌荡失位的心脏和脸色
按照植物倾向明显的指南,走上一圈

走进前方的笑声,凉亭里的三个男人
他们各据一方,摆好牌局,纸上往来
以弓弦的名义,缓解你的孤独如焚
更多的时候,纯然的无目的的清谈虚位以待
"清明蕴和谐,谷雨兆丰稔"
这时令的朋友,蒸腾的阳光先后暴晒

舟子正了正宽边草帽,扬起末端带网的长竿
划出条形的区域,是绿在水面建造的游廊
想象中的鸬鹚一动不动,抓紧船舷

目睹网眼筛过水底,捞出大面积的营养
再度想象蛙声,想象蛙声缠绵的稻田
而径直撞上堆积在船头的湿淋淋的围墙

荷花不管岸上的抒情,公然偷渡水管
一茎粉红就是一棵菩提,就是一座莲台
多层次的少女承上启下,阻不断你凝神观看
那摊开在水天衔接处的圆盘状的空白
浑身芦苇叶的婴儿也已惊醒,吹响笛声蔓延
布下不动的旋涡,将垂直的飞鸟招徕

野鸭闻声而动,铺展成一小截移动的楼梯
相互协作,向湖心滚动壮大的雪球
仿若一群头戴红缨,出没于荒原大漠的游击
倘若在方寸之地的驻留仍换不来自由
他们将快速搅动水面,拍打全然的空气
携带妻儿、行李和羽毛,随时飞走

落单的天鹅藏下这份污浊不堪
她弯曲的脖颈负荷不了怀念,总是对称倒影
期望在镜像的湖心,找到一眼白石的清泉

濯洗好越冬的草籽，嗉囊里泠泠自省
迟早归于尘或归于土，批量烧制青瓦红砖
窑坑旁固定永久的慢时代骨灰的展厅

是时候了，数得出名字的植物都在道别
大花萱草、崂峪苔草、山麦冬、五叶地锦，还有玉簪
任何鸢尾上的耽溺，都会一口回绝
她们也要预备黄叶，完善一个夜晚的腐烂
但月黑风高，空有回声又让她们胆怯
或阴或晴，尚未降临的后续午后获准提前

如果有雨水落下，如果日晷上无影的指针
步伐凌乱，跳动一次抖落一地毫毛
你就得迂回月季与玫瑰错杂的二十米进深
在蝴蝶授粉的南湖北侧，走上拱桥
三米海拔的绝对平台，环顾全景的肌理分寸
默认逝去的坐标，标识唾手可得的逍遥

但切勿拍打栏杆，切勿从桥上俯视自己
不然，湖底会咕嘟作响，云烟氤氲
脚步声如火，席卷整片水泊，一举向东而去

烧尽流体钟,烧尽空白处全部的时间病
办公桌上一洼浅薄的退潮的水迹
将是你活动的可以无限次定时前往的依凭

两次看见艳红嘴唇

从杀伐钝锉的刀口填进地铁蚌壳
驶——停；驶——停；驶——停；晃荡间
男男女女雌雄同株，授受不亲
一个毫米一个毫米地磨炼人肉的珍珠
在结缔组织深处，升起一双免疫的艳红嘴唇
像驴子湿淋淋的耳朵支棱，洒向左右
自动锁定的高峰避让无圆心的牢笼

下了坡，在城市森林的小径尽头
伫立一双马背上梦游的艳红嘴唇
树叶、阳光、蝉声，三重的阴影筛下来
披挂一身斑驳的性感的清凉的茸毛
她仰起美丽的头颅，侧身把草木倾听
不经意受到行人的惊吓，就拍一拍坐骑
踏起滚滚的尘土，拖着拉杆箱迷蒙离去

两次看见艳红嘴唇,两次被刹那的肿胀哽住
吐不出来,也没有区域可以耐心消化
如果想要再次看见她们,抚摸她们
需要洗印成像,两双共时性的嘴唇面面相对
咬咬咬咬咬咬咬咬咬咬咬咬咬咬咬咬咬
咬得鲜血淋漓,唇齿生香。微光的传奇
咬成首尾的链条,在声色网眼里横流漂荡

内向

大多数时候

我都停下来

保持清空的平衡

只在极少数空心的热闹时刻

持续向内

坐对面的人

你说话,你行为

我都收紧心脏

暗想你离开

而有那么几个

和我容纳向内填塞的石头

一起沉默地

沉默

在生日

在生日
事情如同平日
被闹钟浇醒
被衣服穿好
在洗漱和早餐之间
默默对着一碗水
数牙齿
说服女儿长大
请妈妈买上一条草鱼
抽空去趟医院
放心,在生日
也在按部就班地
向着死亡
轻装行进

自画像 2014

我有一颗长方体的心脏

正是一本平装书的模样

塑封撕去,腰封撕去

七十克轻型的正文用纸

每一页已写至三十六行

可溶解的作者虎视眈眈

可能随时封笔,也可能疾书

不辍,写足整数印张

先生,请站起来再死一次

先生。对,右边第三排,靠近过道的那位
请你站起来。对,系好领带总是对的
请你再死一次。对。就是现在,就是这里
请你当着我们所有人的面,不,那些你不用管
请你再死一次,给我们看看

诸位请留意,请看他手脚摆放的位置
看他牙齿的釉光、吐出的遗言
看他进入焚化炉时的从容自然
这种死亡姿势是通往不朽的必要手续
要签名的,要合影的,要记下细节写传记的
都请抓紧办理。要采访死者本人的
请发来提纲,我们会酌情考虑

好了,先生。你可以坐下了。对,就是你
请掸去身上的尘土,喝上一杯
对,死人也需要压压惊。你说得没错

请收好,这是这次的死亡证明。章已盖妥

这下你可以放心死去,等候下一次叫醒

请给我彻底的贫乏

请给我彻底的贫乏，彻底的石头
绝对密度的石头，除了空虚的思想
没有任何工具可以将它切割
即使切割开，也拣不出有当量的材料
建造一座贫乏的庙宇，无对象的宇宙

彻底的贫乏并无彻底的领受
它暧昧于趣味、重复和抵抗
每一根可倚赖的意义之柱
面对它都倾倒在地
稀释成一口无法下咽的滚粥

请给我彻底的贫乏，我来将它忍受

斯芬克斯圆柱舞

圆柱同样到早了，在十字路口的东北侧
阳光倾斜，女人和女人倾斜
经济人雄踞味多美，履行购买的义务
车辆和人群从四个方向流入室内
推远沙泡沫，堆积到我的岸边

老人陷在轮椅里，适时漂浮过来
头戴红黑条纹的绒线帽，嘴唇翕动
（也曾有一副嘴唇啜饮其历时性的蜜汁）
犹如仪态庄重的枢车指挥官
两只脚踝早已被刺穿，她仍旧下到明处

竹节手杖构成移动三角的顶点
围绕圆柱开始舞蹈的抒情
双手抓握，双腿踢蹬，僵朽的鲸鱼脊背
蹭。上下左右。一二三四。蹭掉多余的
饶舌的命运，多余的翅膀和囊肿

露出一秒钟的微笑，保证一秒钟的青春
舒展充分的身体不经意间出了窍
脱离手杖，向着斑马线平安归去
而在等候的另一端，四轮婴儿车里
三岁女孩正给出谜底：今天是谁的生日？

我见过生命对人的折磨

有生之年,仅仅死去是不够的
一旦以肉身重回孤儿
再难逃生命的臭味对人的折磨
亲人可以劈手夺去饭碗
不让你自主地制造大便
蛆虫可以像精子一样
竞相游出阳具的中缝,变身苍蝇盘旋

是的,我见过生命对人的折磨
我剪下他弯曲成爪的指甲
用湿纸巾擦薄他手掌里的角质
同时,一遍一遍对他说话
我说:爷爷,你要是一只鸟就好了
你可以飞走,独自等死
或者我们干脆把你杀掉,炖汤吃肉

理性的大人更善于把监狱填满

大人善于把城墙填满
也善于把枪膛填满
但理性的大人更善于把监狱填满
他们用白色毛巾缚住嘴巴
缚住双手
走出家门,把自己交到无名警察
涂红的手里

但他们也许留恋满头的黑发,它被推到地上时
他们会回头
看见儿女免除恐惧地坐在浴盆里
玩耍 18 米高的大黄鸭
他们会低头
精算囚服上那串出现赤字的号码
但他们主要的时间都用来静观荒诞
往上推的大石长满青苔
往下滚的大石也长满青苔

他从身上取下苹果
——致格里高尔·卡夫卡

他从身上取下苹果,他不从身上
取下梨、葡萄、柚子,成串的香蕉
一个镶嵌在甲壳里,边缘发暗
即将痛成肉中肉的苹果
是这个下午他能向我做出的最好奉献

父亲在桌旁滑倒,灰尘在阳光里起旋
我擦起衬衣一角,擦净他的果实
擦净他取下果实后枯萎的手
二十一世纪由此后退,两只脚步履沉稳
两只脚高高扬起,胡乱挥动吓阻

其他采摘者,留下的凹陷必须
填充雨季淋湿的高声尖叫的油彩
弹孔、入口、亏空,这些人为的陷落
必须在退得足够之前
找到余地,不留情面地拔除自己

我用力咬,用力咬。咬到果核不死
咬到嘴巴无法闭合,喉咙无法吞咽
他的果汁淌遍,沐浴着我
就像那个瓶装的贫穷女人
用眼泪洗一个长大麻风的男人

有关可能生活的十种想象

1

一个儿子能做到的最顺理成章的事

就是继承父亲手里的刀

杀刀,划刀,砍刀,剔骨刀

每一个拂晓,都给出逻辑在先的一刀

两眼睁开,绕过勒死的牲畜和血

捅进人们碗中的肉里

双目紧闭,剥开成堆的人民币

切碎议论存在与真实的金线,七寸之处

女人跟在鸭母身后,成群

凫过泛滥的途径、垂拱的门

凫过你的肉案,拨几掌水

落向空出上半身的床,你痉挛一颤

把持住罗列现状的嘴唇
老化的教室,文字全然洗白的书
过早见识镜子背面的悔怆
只需那一个动词,垂垂老去

2
兴起一座城市,仍旧是她的荨麻疹
被她抠挠,泼消毒液体
当着出租车司机,尿在脸上

她要你的口音,她要你的籍贯
就是不要你的动荡,不要你的交谈
国际化母体,怎么内存拟象化居民?

女人或许能转动向日葵的黄金罗盘
向商品房射出排卵季的种子
你不能抬高地下室,有一次站在阳光正面

还是退回安全帽下吧,黄色孤岛
——派发移动的隔离区
没有期限的保质期,生死有命的条码地

但也不可能退得更远,退回根须
如若退进胡同,退进四合院
你将和摩天大楼一起,长她的智齿

3
带领神佛鬼仙,带领部分断代史
摸进方圆三十五的乡村肌理

一脸诸相非相,一脸因信称义
一脸的三月不知肉滋味,余音绕山梁

暂且垒出台子,你也唱上一千零一句
唱秋风萧瑟,唱茅屋为秋风所破

白发老人兜底,他最懂女人的节奏
一条腿万物生长,一条腿秋收冬藏

唱毕收拾衣装粉墨,班师回家
留守面孔有悲欣,手电筒追光蹑上马路

你两蹄嗒嗒,踏碎身影离去无住
儿子晒出锅铲头,迎接粼粼银杏树

饭后掏出零钱,七小堆七星阵列
平均分配角色,也要平均分配圆润领袖

民间块垒郁积,尚待酒精浇化
喝到七杯酣然,高山溪流够一夜

中途推开院门,听小径野草交谈密切
静夜思,十个我们的平行世界

4
代课教师坐下来,漫山遍野梨花开
这画面诗意几何,你并不关心
梨花也不坐下来缓解腰部的负荷
这些纯情的喧扰的炸药,五小瓣带雨的性器
满足于自闭的快感,双向的孤独
可说到底,梨花懂得什么?

从事生产的人不忧虑语言

制造思想的人不操心节气

知识、农事、稻穗、麦芒，这四种尖锐

就是终你一生拔不出的倒刺

你举起火把，否决了建构盲目流水线

而小学生就是你最实在的天际

冰冷意志不期而至，遮断远望重山的视线

梨子正当盛年，纷纷从枝头辞退

教案、妻子、儿子，散落一地。草绳丧失尊称

再难维系营养不良的房屋

只好等待编制，等待无远弗届的装订机

穿进骨肉，把你们装订成册

尊严率先受伤，一张纸轻易能抹去一段人生

证人退场是不可承受的证明之轻

你难靠自己洗刷一个字的贬义

大雨开始召唤，山洪浩浩荡荡

所缺者不过是一跃，跌跌撞撞的终极跳跃

瀑布说：我有证人，我有证明

5
穿皮鞋还是穿草鞋，这曾经是个问题
提出它，就是放大独木桥上的战争
就是围坐一团，手里的骰子各掷一次
点数早已确定，余下的不过是按时按揭
农村突围城市，银行解决土地

如果如果得以成立，你现在已经冬暖夏凉
身边有个女人，酷爱各种皮草
她手里拿着项圈，在毕加索的画布上溜达
训练你在身体上建造有9999.5个房间的别墅
每一个房间都住满一个崭新的女人

柜台、账户、保险箱，通用的符号堆积
数字同时在电脑与人脑里累加不减
黄金胖成球体，行走其上的倒影弯曲
仰望来自上面的金手指，金钥匙
打开防盗门，数出前往三岔口的通行证

总算可以坐下，脱掉任何一双鞋子
脚趾找准出头的机会，全额露出来

赤条条抓紧水泥,作为离开家乡的利息
裤腿再往上提一些,露出紧缩的小腿
繁荣的泡沫持续膨胀一个人的危机

但关节还是泥巴的,还能一次次和水再造
还能面对乱石铺路,守住银根
以挺过偶然的风暴,等待必然的破产
有了这样的抵押,你可以放心挥霍
而不会作为现实的保管员,提前内退

6
你当然可能是个执线人,手掌翻覆
线束绽开,纠结其他的线条
在末端穿入一根根可见的针
进入那些比窄门宽阔的针眼
操纵基层画面的生成,这基本就是底色

也有可能,你就是一根疲于奔命的针
其外精明强干,其内锈迹斑斑
在千万条无始无终的红头棉线的布控下

缝合卵石与稻草,生育与生产
偶尔听见风过竹,低下头还想泪流满面

经与纬,主与仆,取景框与运动物
这世界和它的一切可以无限对立,无限二分
这同样是你在手的唯一可行的政策
照例宿醉的清晨,你喝下一杯白开水
反躬自问,为什么把自己搞得如此狼狈

还是一种想象。如同裤兜里揣着公章
茶缸每天泡上绿茶以便活着的尸体继续发芽
酒精也在血液里来回输送蓝色图纸
指示衣食住行,批示生老病死
可以作为存在证据的一小把时间灰烬

抽空停止,停止被字句与把字句的中间状态
停止提线木偶阶梯状的逐级循环
回过身咬断线,也咬断针
标准化的零件与大脑崩坏脱落
坠地前短暂充足的自由呼啸而过

7

"放下纸笔,关掉手机和录音设备,不要记住
我和你说说不能说的话,不带包装的话。"
又一个采访对象压低声音,要把前倾的自己泼向你
呼出的热气快捷地舔舐你的鼻翼,你的耳垂
像是时间有限的偷情者往私处抹润滑液

这些只能在黑暗里剥开秘密笋尖的人
想要安全地亮出一小截鲜嫩的黑暗
那些金钱的豹纹、权谋的饮料以及死亡的补药
让他们失眠失衡的怨恨,要借助你暂时归零
如果有可能,他们也做好随时替补上场的准备

你解开身体,表情由职业套装换成居家便服
张开的耳朵从一桩勾当趿拉到另外一桩
微暗的火在心里慢烧细炖,熬出所剩无几的义愤
与此同时,筛子不由自主筛出粗大的话语颗粒
以便恰当的场合作为谈资,或不时之需

终究带着一小块交换过来的灰斑离开
在象征界,没有被报道的事件就没有发生

报道了的事物也不能公开地永劫复归
如此的抽象与辨证,再也安慰不了色素的沉积
报样上的签名自主癌变并转移至头版

一磅宋体的空白才能自我修复,完成对称
一磅黑体的空白才能提供一磅自我的镇静剂
在语言停止的地方如愿以偿,打破沉默
征订记录者绝缘的世界的神秘叙述
回馈你一声长长的贯穿始终的呻吟

8
把桌子、凳子和床从树与木身上认出来
把金属像假发、假牙和义肢一样装备到其他金属的器官上
拿起基本工具的那一天,你就下定决心
不增加额外之物,只和双手触摸得到的东西打交道
让物质和物质交媾,没有阵痛地产下零件或成品
满足客户所必须的速度、高度、强度和容量

手艺人或技术员,并非简单的一体两面的称谓
这决定了地址栏里填写的是住址还是籍贯

更决定着死亡遽然降临时,同一具肉体的赔偿标准
但你仍旧安居于第二代身份证,仍旧浸泡于
超拔技艺水平线上零点几公分的浮尘,日复一日
洗出一双日用而不知的湛蓝的肺,呼吸

呼吸的反转快过预想。蛇皮口袋装上布满皱纹的廉价西服
用一条柔软的蛇系上,听从美金葱绿的笛声
加入心思各异的人群,游到签证官面前
没有难看的脸色,没有刁钻的问题,更无需抵押与担保
厚实敏感的老茧自行出具说服力完美的蝴蝶
扇一扇翅膀,沾染通往人工天堂的移民证件的花粉

还不能说你赢了,毕竟你在日光下遵循的
是同一个分离与结合的原则,毕竟隐秘的方言、羸弱的老狗
不能和你一起迁移,不能在草坪上随起落的鸽群行礼如仪
鞭炮则可以放个痛快。纸屑纷扬如花,脆响出空如山
不为红白喜事的每一串燃放,都落向你赖以谋生的手掌
公然炸出无用之用的第六根手指,温驯地反讽

9

黑风衣、大墨镜,雪茄和烈酒,步态与发型
模仿的质地当然低劣,但不妨碍流氓的气质日甚一日上升
叼着的牙签胜过本尊,南方的竹子自然甩香港好几条街
作为充要条件的女人,也有一脸稀疏雀斑的女孩相当
她的胸脯是两颗刚刚发芽的纽扣,可以一解再解
这已然是你混社会的最高级配置,其他的一切只能指望兄弟
而兄弟也是一种修辞。武侠小说对此有明确定义
满脑袋的录像厅也予以信者恒信的五块钱的证明

然后跨上摩托车,人群里横冲直撞,人群外顾盼自雄
一句话、一个眼神、一口唾沫,随时随地都可以磨利你的刃口
在心里认下屈辱就是为了大庭广众之下砍碎剁烂
凶器拔出来之后,血喷涌而出。你意识到:刀,只是一把
命,只有一条。人人如此。这像是语文课上
唯一被你记住,不断被你践行的文学手法:对偶
如此轻易。如此轻易就伐倒了一个男人,你语法上的兄弟

收割是一个人的事。收割逃跑、藏匿、抓捕,惟枪战歉收
收割手铐和警车,收割围观者反复手淫你的目光
父亲坐在拐枣树下,编织盛器的篾条左支右绌

母亲要准备一包衣物,整个人却固执地打成了死结
只有妹妹遵循剧情。她跑过三块麦田,踩断两行麦穗
以便咳嗽一声,远远地向着你流出眼泪、哭出鼻涕
你挥手道别,叮嘱这三个月身孕的待嫁新娘,多积阴德少杀生

宣判词即安眠药,不是立即执行也就等于没有剧终
光线下的举止必填入格子,最好再照着教导员把新的思想描红
光线之外,你们进入语言的热带雨林,相互使用,彼此教唆
有些男人试图拧紧你的发条,有些则要免费你的肉身
你一面挡住绝望,一面对撞上来的废墟传神写照、随物赋形
积攒出下半部的原创剧本,大结局十分之一的人生
等到二十年的纸张复印成薄薄一页,可折叠可随身携带
你走出铸铁门,才从漫天的雾霾读懂:美国版的续集也已演完

10

一家便利店就是一座孤岛,航行于孤独的市场和宇宙
那些野猫增殖的巷子,绿植蒙尘的街道,都因为它抛出陆地的轮廓
白色招牌几寸见方,红色印刷字直白胪列其内部海岸线
说服十一点一刻走出家门的中年男人,"来包烟。"
瓶装矿泉水暗含小小的亚热带自然,以免他脱水于浩瀚的物质

还有必不可少的低档白酒，佐以花生米，续上隔夜的烂醉如泥

现在一座这样的岛屿属于你，你将它驶向丘陵地带，泊于内陆深处
在村庄，或在集市，几排货架纵横捭阖间曲径通幽，一如中国园林
生活必需品的障眼法制造出生产过剩的太虚幻境
但粮食和肉类并无供应，它们自给自足，残留农耕文明的余绪
蓬勃的塑料袋丛免费围上来，荒废你一瞬间的隐居幻象

更多的岛屿汹涌浮现，你眺望生意林立的沙滩，赌博不可避免
绿绒布面的台球桌子居于中心，白色一击碰撞出缤纷落英
十个数字博弈出十种直线运动下的落袋为安
端茶续水的需求倒是亘古不变，碗盖照例翘起，指头仍旧有三次叩击
摩托车进化为马，驮来各式各样的香客，乡里乡亲的供奉
你偶尔也披挂上阵，充当临时的庄家，不输不赢的清客

就是这样。就是这样的行为填充标准刻度为一百的时间胶囊
你可以基于连锁的礁石，扩张它成一座半岛，整个大陆
即使赍志以殁，也有儿子和孙子接过反向的愚公计划书
你也可以择定某个下午，把它和一本书同时服下
直到有人发现那一天是星期五，唤醒你，鲁滨逊从未离开雾都

周边事物

黄金历史

为了确立星辰和秩序
我从不买活人写的书
按照作者死亡的先后
六千册书以灰烬在三合板架上挺立
这样我就有了六千年的黄金历史

慢下来

我一直都很友善,最多
也就在同一条河上慢跑
现在,我要求慢下来
在河水流尽之前
比步行更慢,比形容词更慢

鱼锈

游的时间太多,或者不游的时间太多
河水被洗成经典的血红色
避孕套、手术刀、印花税,顺广场而下
其他鱼决定拒绝,决定按图求去
这一条摆摆尾巴,每片鳞锈得富含营养

公共词语使用术

可以盖上钢印,作为离岸硬通货
可以重复过滤,作为媒体脱毛剂
可以专项立法,作为会员特供品
可以真空保存,作为学术加湿器
可以铺天盖地,作为人民厌食症

我只是我身体的停车场

没有地下室,没有车位线
没有乳房如莺啼的女收费员

光脚赤身上上下下走动

我只是我身体的停车场,一过十二点

拉起栏杆,放任坦克和野牛不限速奔出

饮水机主动走开

采用箱子通电的灵魂,自来水

固定在沸点,按时腐烂

公务员循序渐进,递上回避原则

接满一杯茶、一杯咖啡、一杯白水

一锅炖嫩的鲜美的部长的肉汤

欲迎还拒

肥胖的肚皮对着手指啄呀啄

脂肪颗粒轰鸣中白色降落

飞翔是天灯,停歇是羽翼

地铁车窗饥饿在前

肚子禁不住从头至尾的抚摸

从内部压垮

集装箱进口的骆驼论战不休
挤过针眼一样挤满空心秸秆
等待风起,等待风起,等到大风起兮
偶蹄的步伐随时从内部
压垮最后一根金黄的原著的稻草

骷髅高高跳起

骷髅高高跳起,绳索低低甩过
命运的笨拙把游戏变成绞索
大象、狮子、小白兔,处女和鸟
切换成人的身躯,猫的四肢
把守无边的城市,包房里觥筹交错

放下武器,空空荡荡

围观促成围观,退让取消退让
愿意战斗的步兵早已没有战场

水果折叠刀子,蔬菜卷起画布
解决完活鱼和牛肉,市场情绪消极
做蛋糕的男人放下武器,空空荡荡

主观码头

栈桥、枪支、啤酒——只要有人拜,就是码头
小说家拖曳漫长缆绳,没有承诺需要回应
非此即彼的死水,骰子一掷决定不了何去何从
或者弃船登岸,成为陆地上的水手
或者泥牛入江湖,这一道泛若不系之舟

与词为善

做个写字间茂密的人,地铁上梦游的人,与词为善
面对喜欢的女人,不那么喜欢的菜单
从容点上一壶绿茶,坐到黑白颠倒
舌头还泡在话里,捞出来按音序排列
就着韵母把冰箱里冷藏的存在和家园讲完

一个男人向后倒去

手套不会后退,柱子行进中一去不回
一个男人顺从乘客的惊叹,仰头向后倒去
苹果扑簌簌从他身上掉落满地
编织袋挺身而出,像路旁静止的咖啡馆
漾出奶油、糖,融洽的行李包裹

我们彼此脱落

螺丝滑丝,拧不紧两具爱情
请我们剪开手指,彼此脱落
你转身陪马匹和汽车跑入超市
我舒展四肢倒进泳池
沉潜五十米,岸上儿子大喊:蓝!

过瘾

弯腰屈腿,以防守的姿势面对垃圾桶
竹签挟绵羊之脊,麻雀之翅

扎。扎。扎进过路人费解的眼神,专业的窟窿
扎出又一截烟蒂,扑住点球一样艺术而精准
流浪汉要成排咂摸他人的余唾,过空虚的瘾

电梯射向三只冷箭

在头脑里,我和女邻居晃动果实,微笑寒暄
现在我们都根深蒂固,各自望住面前某处
但是坤包拉开,但是笔芯弹出,但是电梯射向三只冷箭
两只手捏向它们,两棵树眼看要枝叶婆娑
叮铃一声,五楼到了。一场必不可少的灾难得以豁免

小丑钢管舞

这么迷人的你,瞬间交警与领座员合体
绕着一根地铁钢管,旋转起舞,左支右绌
攀爬、倒立、悬挂、挑逗、性感,统统省去
小心轻放!老人和孩子各从其类,各就其位
你松一口气,换下笑容拥挤的小丑面具

麦粒肿

和地里的一样,眼皮上的麦粒也由手播种
也在看不见的地方(眼睛如何看见自己?)
生根、发芽、抽穗、包浆,一夜间把熟举给世界
地里的麦子举起面包和馒头,举起种子不死
眼皮上的举起必将干瘪的肿胀,女儿坐实的几个月

恶意

老狮子步履蹒跚,满头银发根根愤怒
像即将抵达丝绸的无弦之箭
他巡视租来的领地,三居室的每一寸空间
终究委顿如瓷器,倒在客厅中央的扶手椅上
长叹一声,胸腔塞满对草原与捕食的恶意

手术吧,柳叶刀

手术吧,柳叶刀,把树从叶子上清理干净
十二月的组织切去,冷风的黏膜剥离

叶绿素抽回针筒，叶原基重新发育
闪光的尘埃随野鸭的欢叫上扬，贴紧叶脉
两个男人脚步轻盈，沿湖面走向远处的冰

小调

三个女人在一起，为难了朴素辨证法
三杯酒水下了肚，一群麻雀开了花
三个孩子叠罗汉，融化成冰糖葫芦串
三匹母马齐步走，鲈鱼离开餐盘往前游
三个女人结了账，留下服务员打嘴巴

双胞胎

馒头和苹果是双胞胎，它们都是白色的
盘子和皮球是双胞胎，它们都是圆圆的
自行车和罗汉床是双胞胎，它们和我一样高
奶瓶和马桶是双胞胎，它们都有盖儿
女儿停下手指。妈妈和我是双胞胎，我们都在笑

给自由消炎

躁动，惊慌，静坐，罢工。称之为行为异常，始于两天之前
食肉动物，T恤衫，地震，UFO。测不准原因，只看得到版面和视频
换一张地图。在正中心的荷兰埃曼市野兽公园
在郁金香和红灯区之外的着色区，在风车不受挑战的叶子上
112只狒狒背对游客自转的眼睛，直挺挺坐着，没有可供参观的食欲
头偶尔还抬起，望向远方，眼神里的警戒早降到了树根以下
偶尔还会骚动，但显然不是为了交际，不是为了理顺胜选者的毛发，不是为了
联合起来干掉一只冒失的狮子，维护斗士的美好名声，无畏是什么？
然后派出一个驸马，去另一个族群，实现以和为贵的政治联姻
这些荣耀的太阳神之子，出生时没有霞光万道，囚禁是写好的事情
推理能力害了他们，掰着指头，正好计算出最年长的已被奴役二十年
因此围绕香蕉达成共识，放弃集体迎接太阳的信仰，第五次采取行动
孤独啊！其他国家的狒狒拒绝响应，拒绝走上大街提供支援
而示威的尺度也仅止于此。没有语言和文字，族群的痛苦就难以留存
他们自己，过不了多久便会一如往常，把公园当成领地
自得地操弄起东方批发来的权术，玩起一王九后的阴谋、爱情，还有游戏
如此的往复提升权力的基础，应景的措施熟练到谢绝演习。但发作仍有必要
自由就像长出六指的愿望，不定期在心里隆起，肿块经久不消

需要以这样柔和的方式沿着边缘涂抹,给它消炎,避免被它撑死
我也必须醉酒和写诗,用这两粒药丸给快要溃烂的疯狂消炎
以阻止我变成一只离群的狒狒,与围绕铁笼子转圈的人们合影留念
幸好还有安乐死,幸好还有失业险,它们鲠在喉咙上,拼命往下游
我才能把自由囫囵吞咽,穿上凉鞋,放下心到报纸上自由地散步

声音,哦,声音
——给柳鑫

声音不能让人不朽,声音不
制造记忆,防火防腐
砂轮飞速转动,双耳竖起挨近
钢的粉末依序扬起

声音,哦,声音

有耳听的人,就要听你
有手缝的人,就要缝合你
有体温的陌生人,就要在下雪天
紧紧拥抱你,迫使你步行

你选定的,穿上身的,青霉素的声音
点。
滴。
生来无根,独自跌落
在哪里可以摔得锦上添花?

最细小的单元,固化
说服不了,绕不过去,拒绝重新开始
的硬块
就这样,心脏和灵魂
都浸泡在被消了音的
你的
声音,哦,声音

种下一棵树

来。我们种下一棵树,我们一起
这样白色覆盖大地,灰色塞满天空的日子,我们
需要种下一棵树
房间太小,我们只需种下一棵树

先种下叶子,绿色的,绿得让人不知所措的叶子
它摊开小小的手掌,掌纹清晰可辨,里面有阳光流淌
再种下树枝,新鲜的可以拧出汁液的树枝
它接住叶子,随意地伸出去,托住天花板
然后种下树干,有肋骨也有心脏的树干
它有时候会疼痛,树枝与树叶便因为它的疼痛在
　　风中颤动
最后种下树根,这些连成片的胡须
经常在暗处碰到泥土,偶尔也碰到沙子和石块

种下这些,我们就算种下了一棵树
就可以收获树冠与花粉,收获阴凉与甜蜜

但要让它真正成为一颗树，还要种下树皮种下年轮
让它们的同心圆成为时间的靶心
这一切完成，我们就可以种下种子，种下种皮和胚乳
毕竟所有的一切，都必须向着它来完成

在星期一谈论死亡

星期一不应该有死亡发生,即使有
也不能留到晚饭后,公开谈论
星期一,我们应该围坐在一起
吃完每一道菜肴,劝尽世上的酒水
回想那创造的工匠如何用斧子分开山羊和绵羊
就此心存感激,然后选出一位母亲
去隔壁洗干净所有的碗筷

死亡亲历亲为,走完流程才打来电话
一旦接通就不能中途去转水果拼盘
你可以说喂,也可以直接喊出她的名字
开出维生素药片,准备到此结束
但她开始说话,普通话和方言交互切换
间歇还伴有哭泣,这哭泣让人慌乱
重中之重,是确定事故发生的距离

最近时不到一米，最远时二十米开外
嗯。你放下心来询问细节，安排反应
抽出线头，拉得更近一些，一圈圈
紧贴皮肤缠绕，加速度织就不会脱水的茧
再用力将它掷向珍藏已久的死人

谈论终于变成议论，议论终究变成感叹
尽管只是在外围转了转，却也让它分量减轻
也值得心满意足地打开电视，互道晚安
留下电话不声不响在餐桌上继续死去
而你自己，遣散走家人，独自钻进重金属
预计睡到星期二，也可能睡完这一次的星期天

黑暗十四行

在黑暗里奔波的人,你要穿一身锦绣衣裳
赶在黑暗胶结之前,找到一个止歇点
拔出随身携带的匕首,食指一弹
两个简洁的音奏出金石杀伐的景象

在黑暗里奔波的人,语言是你唯一的徒劳的光
当黑色的雨水洗出黑暗的真身,阻断行程
这光也仍然由你亲手将它打蜡、封存
终有一日,人们将据此把你的时代辨认

久经盲视的感官啊,或许保守成一群
收缩如拳头般警惕的刺猬,紧抵住现场
就足以洞穿重重的无重量的雾障

自外于喧阗之弦的夜行人,结束的下一刻
你要停下来,出离黑暗的腔体
以免沙足溃陷,同化于自足的深渊

思念十四行

我们中间用情最深的那个人说
一日不见,如三秋兮
爱人啊,你不在身边的时候
这思念就是高原,就是城市,就是季节在时间里白白流逝

这不在的缺失,没有鸿雁,也没有尺素
前来诉说,前来确认
唯有手指,以最简化的抵达
还保留水草丰美的记忆

可是这第一根手指,这一刻必须回避
只要它在键盘上来回
那些约定,那些微笑,那些背对玫瑰的强烈拥抱
将由宋体字保存为木乃伊的不朽虚假

爱人啊,就让我静坐灯下把你思念
只有在思念的时候,我才能真正把你忘记

爱情十四行
——给闪的一首诗

你静坐那里,明亮的光线簇拥着你
内部空旷的背景传递温润雨声
爱人啊,当你用掌纹圈起烛光
我在阴影的深处享受你的荫庇

上坡路,下坡路
爱情生长的是同一条路
飞鸟厌倦拍打天空
穿过狭长的器皿,我再一次回到你的身边

命名的仪式在这一刻由你开始
一群洁白的玉兰花
围着你天蓝色的裙裾,迎风飘摇

翅膀、光线、箭头,三者叠成的火焰
终将向远方将我燃烧
爱人啊,你的名字是我唯一的安慰

致永恒静默者

永恒静默者扔出一张纸牌

你是这一局的庄家,唯一的赌客

——题记

0
没有来由。往事蜂拥而至，停在你面前
扇动翅膀。试图进行一次完美的合奏
分辨不是有意。空气的涡动
交叠在一起。实体无法还原

永恒静默者，对容纳与清空
听之任之。注视是他承担的方式
弦声与肉声，都只能在他之外
寻找落脚点。却仍然逃脱不了

被他注视。抢救、拼贴、安放
阻止的不是另外两个向度上的溃散
是抒情，是放大，是否定

如此，在大门不可逆转地关闭那一刻
你才不会念念不忘
没有完成对自我唯一的一次，合法侵占。

1
你的界限是墙,你的国土是墙
墙内是青春,是眼泪,是爱情
墙外是季节,是变化,是人世
对开的两扇铁门,是迎接

抢劫了火车站的班车
跟随两只蝴蝶,一只蜗牛
迈着杨树叶子下坠的步伐
从墙的西方,走到东方

它一口吐出的七十二位年轻人
拍掉身上的尘土,打开包裹
顺从纸与纸币的指引

绕开永恒静默者
找到属于自己的阳光与旗帜
找到你划分好的,每个人的墙

2
核桃,这居住在胸腔左部的
保守石头。你目睹了你们一次次
在七月来临之前,将它摘下
推究果壳中隐藏了什么理念

可是核桃站了起来
搂抱着小径,佩戴着桌凳
站成了树林,站成了亚里士多德
击节赞赏的质料因

在永恒静默者的目光下,核桃
赤裸的核桃,并没有穿着
诸般词语的外衣

它只有碧绿的紧攥的拳头
当它们被迫摊开手掌
除了模拟大脑的果肉,一无所有

3
从水中,提取透明的火
这火均匀燃烧,烧尽万火
巨大的声音随之降临夜晚
为虚空填上高密度的泡沫

需要从内壁进行剥离
无视语法的强烈意愿
将纯粹的动词,一一举起
在手与口之间完成

一次先验的袭击
于是金属吞噬了城市
你用鲜花铺满广场

双耳紧贴永恒静默者
捕捉光亮与震颤
粮食顺从,葡萄抽象

4
我竭尽心力,想要将你形容
想要依靠永恒静默者的榨汁机,榨取
鲜嫩丰盈又坚硬的词语,它们
修饰着你,揭示着你

可你,怎会这般轻易显形
吟唱声响起的时刻,你在又不在
万物生长的间隙,方能
听见你隐约的足音

崇拜、苦恋、浑不在意,都难以
窥破你神秘的笑容
抵达你火焰一样的身躯

齿轮最终啮合,咔嗒一声重启世界
或许我才能够停止寻找
坐落在我身上的你

5

永动的自负，在手掌中加减成宿命的孤独
你的双重命名是语言漫不经心的游戏
即使还有第三个名字，将脚与动词牵涉进来
说的也还是，爱情特定阶段的三位一体

事物从来都相互关联，所谓自足只是男人的傲慢
浪漫自有其运转机制，两个圆切过线或面
一前一后的设置证明，即使是永恒静默者
也期待齿轮与链条，向后传递其目光的纯粹

终点很快到来是否必然？以短暂为支点是否亦然？
就如同没有百分百的酒精，总有最该保留的成分
随着琐碎尘事的重叠，挥发、消散

与其身陷现实的泥潭，让回忆充当拯救者
相爱的人，何不拒绝所有的外力
因应玉兰花的开放，在春天自行向前

6

下午与夜晚的岔路口,五十二位
平面囚徒,身着或红或黑号衣
昏暗灯光下拍响木桌,召集
爱情与知识大门外徘徊无定的年轻人

一场小规模的冒险与远游
通宵达旦的欢乐中,赌上汗水、气力与争吵
渴望赢得对永恒静默者的遗忘
赢得遗忘,遗忘本身

这些装作推崇共治的乌合之众
队列整齐,举止间充满自尊
仿若完全有规则可以遵循。可如何能够指望?

他们仰仗的一对格格不入的孪生夫妻
也许是王者,也许是鬼魂,也许只是小丑
一个色彩斑斓,一个颜色尽失

7

台阶上升,六根琴弦寻找手指
手指拨动声音,树与石头
向耳中图书馆飞来
安静落座,以便仔细聆听

第二个少女,坐在永恒静默者身旁
目光凝注,如黑天鹅翔临日常的深渊
少年身背琴盒,身背爱情的节奏与礼物
大步流星,向你走来

翠鸟踩上晃动的绿色枝条
面对树叶,一声轻啼
击碎数字的序列,颤动的和弦

书架向布满灰尘的书桌倾斜
纸张散落一地,弹奏者起身离去
手指还原手指,石头归化石头

8
夜晚最遥远的事物,是肉体的初步探索
是沙粒从指间漏过一般,经由肉体
明白精神的边界,明白肉体
必须在肉体上完成想象,又开始想象

即使脱下整副骨架腐烂成泥土
或直接交给火,让火舔舐成
穿过雪松针丛间的风,也要
从别的肉体,回到肉体

湿润的名词与充血的动词
溢出虚无之杯,在两端黑暗的中间
沿途撒播灰尘与种子

目光碾碎一切的永恒静默者
两个肉体相遇之时,请停一停
这是你无能为力的短暂,这是你无能为力的美好

9

轻轻一颤,正午阳光下幽深的镜子
影现移动的迹象
你伸出双手,合在胸前
像一棵树准备季节

镜中之树率先做出回应
无声垂首微笑,绿色枝条
摆动燃烧,照亮站台上
潮湿模糊的面孔

车厢门纷纷关闭,声音涌了上来
拍在挥动的手臂上,又迅速消失
只来得及让人稳住倾斜的身躯

再一次,永恒静默者
从你身上,分别出另一个你
一个从这里出发,一个抵达这里

10

听,椅子空空,灯光如也
永生如堕落的少女,在听
身姿静燃,容颜羞赧
然后,她伸出手指,按下按键

世界听从时间,在针尖开始转动
嗡嗡声从桌面升起
黄玫瑰在手中掉下颜色
只有玻璃窗挡住潮湿的味道

于是水不停成为水,河不断流过河
瘦弱的少年,面色苍白的少年
要么也戴上耳机,要么大声呼喊

谁要在此刻举杯,就举两只酒杯
谁要在此刻爱人,就爱一个女人
谁要在此刻收获,祝愿他,只有收获

11
从一楼到四楼，树木的亡魂
分门别类，参差排列
单薄的基座，空荡荡的骨架
是不多的依托，有形的边界

没有电梯作为随身携带的捷径可走
必须一个台阶下，一个台阶上
必须一道门闭，一道门启
由此，进入你自我繁殖的虚空

纸张总会翻动，翻动总会有风
虎豹吼啸，跃过倒映绿色的溪涧
雀鸟也在枝头啼叫

正是这些风中晃动的记忆
想象与引申了进入瞬间的
浑身颤栗，犹豫不前

12
黑色的,冷漠的,群居的
水滴中的囚徒,你说吧
你说。黑。黑。黑。黑。
一只乌鸦就是一团消化不了的黑色火焰

你说。一只乌鸦掠过速成的黑色沥青
站上道路指示牌,目光越过灯光
望向栅栏隔开的草坪
望向海报、传单、广告页层叠张贴的布告栏

望进万有混一的夜,它并非黑色
盯住不动声色的行人,没有面孔的死亡
假山下,喷泉旁,鹅卵石径上

只要愿意被自己的声音拔高
你就说吧,你说
黑。也不过是水滴中的囚徒,一时的动物

13

哦，你，纯粹知识供养的隐者
坚硬的角质之嘴，偶然伸向铁器冰冷的表面
或饮或啄，随着脑袋的转动
有无之间都必然留出空来

脚趾伸屈，一些基本元素从土里刨出
饭粒落在地上，种子落在地上
能够开花的地方都被水泥覆盖
只有球形植物还来得及万古长青

于是，你也考虑面向众生发出声音
唧唧唧，成熟你所追寻的
没有表皮可以剥削的果实

或者，你也可以让自己向下飞翔
去发现肉身和玄学一样，沉重如坠
在空中起伏一管锈迹斑斑

14
在季节之外保留枯枝败叶
紫藤更多的冷清与萧索
众多耳目围观,少量虫蚁爬动
爱情无从深入,抒情无从进行

一栋楼和另一栋楼行为一致
日光下劳作,月光下休息
可折叠的走廊应运而生
灯光一再降低,从低处照亮铁与木的建筑学

是谁同意?两位琴手昂首走入
牵引插座,摆放歌谱,甩动长发
亮出直接到达副歌部分的歌喉

但是声音。声音早已蒸馏,密封
装入暖水壶与啤酒瓶,只待球赛结束
结结实实砸在水泥地上。紫藤花开

15

向上游。新生之蛇游离土地与岩石
游过空气,一层层奋力咬住杨树
鳞片微张,翅膀上薄薄的银色粉末
映照一种阳光读取清晨的抽象

众蛇身体弯曲抽紧,下颚脱位
最大限度张开共同拥有的嘴巴
试图从一棵树头部的枯影
吞食到树根,这天空的苦味

吞食上述细节的众蛇之蛇,你必知道
在三月里咬住杨树的枝条
就是在道路旁咬住自己的尾巴

偶然经过的一双手,只需要
摘下风干的骨节,装入信封寄往远方
远方随时准备接受,远方没有风

16

在开始重复的清晨,在不断重复的夜晚
在永恒静默者那里
一座操场就是一整个宇宙
人群密布如蚁行的宇宙

沙子与尘土,橡胶与青草
一样柔软,一样易于破碎
你跑动,你站立,你呼吸,你离去
灯光都在星辰外围绕你旋转

也是一种喋喋不休的选择需要
两只脚先行落在上面
一头撑住身体,一头撑住大地

这时候,一座操场就是一条肥大的鱼
耸耸肩膀,沉入水底
吐出一团看得见的泡沫,微光闪现

17

沙发并非沙漠的容器,它孑然一身
沿大理石横向切割大厅
沙发不祈求绿洲,它祈求解忧
每个周五下午两小时左右的移情

作为普通容器的沙发,准载一个人
如果周六还有,也盛满两个
挤在一起,像一块石头挤一块面包
一把盐挤一把刀柄生锈的刀

女人和雨水总是挡在前面
以坐立不安的实有占据大厅
只要朝向屏幕坐下,动作与表情就一律安全

但烟雾是不允许的
烟雾喊停语言,烟雾妨碍光
烟雾诱使你把你们想象成一棵黑白的树

18

排好队，等候输入密码的人
你要双脚并立，手握听筒
见证因为加法，数字成串老去
被稀释的钟以指针滴两个时区

身着西服的骑士，放松缰绳
任胯下十五年白马缓步迈出电梯
目光如流沙，他注视大堂
长椅子另一头行走的行李箱

还有你。必须说，说完余额
推出旋转门
雪就从天空落下，落上马背

一片，二片，三片，万片
简易的白色前缀，穿过
手捧容器颠裂的每一道缝隙

19
语言不可信任,语言不可避免
说出的话还要写到水上
让它洗去咏叹、辗转和折痕
在岸边人手里落实霉烂

看!失眠的少年披衣坐起
打开台灯,打扫干净房间
他抽出字典里的枝条
几次续活必要断裂的桥梁

永恒静默者紧攥下坠的青果核
停下脚步,凝神把玩
树木尚未长成,树林依旧沉湎

当蝴蝶系成绳结时,信封回到鱼腹
铺开纸笔的男人跺一跺脚
纷纷扬扬,波光潋滟

20

来吧！马刺。刺进腹部，抵住肋骨
白热火关节肿胀，双膝沉重
疲软的眼神积水淤泥
亟需群马蹄踏，紫袍绣满紫荆冠

黑皇帝御驾亲征，长枪越过铁匠铺
陷进虚荣交媾的汗液之阵
以为错失历史，人民提前退场
无意间联合写就剧本

关闭各条通道，撤下安检设备
防守者誓言挡住正面强攻
留出俯身拍碎地板的机会

纸屑、彩带、香槟酒，纷垂披洒如绝杀
庆典上手指竖起
单亲之声山呼海啸：罚！罚！罚！

21

请先探出右脚,只滑一步
两造即相拥舞入红砖墙壁
至此临界之际,适当把握风向
后退中切勿露出鞋子的底

吊灯高升,空出空的空间
分别演出猪和珍珠,游荡的百叶窗
乘新千年拉开天鹅绒穹顶
绿山墙采取臃肿的心碎备忘录

踮起脚尖不意味着结束
弯下腰也可能是死亡练习
你本应倒满杯子,一饮而尽

醉里带她起身,离心于这条曲线的看
世界在空转,音乐仍听磁头继续
几时可以停下,几时就可以再舞

22

银子扎下银器的根,吹一口气
指甲镊起放进听觉
嗡嗡嗡,群蜂列队飞出耳窝
采回氧化的图像氧化的粉

青年银匠善用折叠的亚麻布
往返于原作与译本
一处一处擦拭,瓦解了
工具书实验室珍藏的柔软斑点

主动敲打吧,锤子坚持下去
反哺不受限的箔片,一一对应
冷却的逼近绝对零度的字母组合

看住银子,不必过分担忧水银
放大一万倍都是漏勺高扬
而宇宙原本也是以这种方式生成

23

终结于闪电。香柏木船隐形于天使之翼,锚定二
　　楼阳台
远征的狂徒离开战队,解甲回归清晨
作别漂浮空中的堡垒,坐吃山空的矿脉
重温异星球那板床叠架的暂时田园

夏日分泌微凉的气息,落入勇士两胁间
按照约定,他必须暴走完崇山环绕的碎石路
才能先后抵达热的婚床,冷的冬眠
临摹永恒静默者一再重复的虚构目光

林中暗礁丛生,迷路人撕扯无花果淡红的花瓣
单。双。单。双。扣动占卜的扳机
射向左右时间成分的黄金键盘,或

一条情绪饱满,正如游丝般飞过拖网的鱼
当她中途转身,简化得只剩金黄的骨架和鱼刺
谁是那个时隔多年仍持硬币履约的游戏少年?

24

失却了水井,也就失却了命运
黄沙腾空草原,自北方之北
迁徙这座纯手工的禁忌城市
终点站悬置,绿色单薄的胃液据此反刍季节

黄沙静默如瓷,暴动如血
积攒成紫色花卉,漩涡中心旋转
哑光粒粒照耀奔走躲避的人
涨满旧图书馆门前仰望所及的紫色空间

少年和他的少女在铁栅栏边初次亲吻
目睹水道狭长,事物齐头并进落入
击穿水塔与井壁,泥土与水泥

然而湿润只是外围想象
沙粒或石头都将沉入水底
确定尚需时日,新鲜尚需时日

25

书店不远,黄昏的瘾发作不远
刚下班的影子伐倒路灯,他们瘦削多须
他们放弃环线,向外偏离中心
追赶血管堵塞的两节式公交,照明在前

美术馆后街拆字的涂鸦风格林立
落叶与塑料袋顺势淹没拉面馆和烤串摊
自行车停放在巷子口,你又走下去
数万册作者支楞起耳朵,等候福音

橡树也从安坐的螺旋楼梯两侧仰起头来
像是一位读者面对过多的印刷错误
手足无措,开始怀疑自己

呼吸间,永恒静默者的静默急剧增重
只有一束诗能够承受
黑色、白色、金色、粉色:太阳与人

26

谁来原谅纸鸽子？这签了名的报喜鸟
在防水信封里振翅飞翔
避开铁路与马路不断的交错分岔
按照隐喻，第七天准时降临

那时候你头枕双臂，躺在稻花香里
满以为丰收在望，爱情在手
黑夜升起，你和你的双耳同时听到呼唤
你的水牛父亲撞过田埂，狂喜而至

信封拆开，万水决堤但以泪水为大
宽慰、劝解、赌约，都镶上似锦滚边
指着星空，预言不锈蚀的镀金饭碗

总算黄金安定心神。你收起沮丧，收下鸽子
你不知道，永恒静默者的目光
刚刚完成了两次面向未来的必要偏移

27

假借的士兵被熄灯号逼停
你困在板床上，冰凉、冷漠、线条坚硬
犹如一块花岗岩，失血过多，仍要从自己身上
打磨出捕食的豹子，喷火的坦克

星辰俯下身躯，垂直得格外近
蓝色的闪烁的星辰洒向平原
填埋万籁的空旷，重塑一切人造的光
士兵列队而过，步伐整齐划一

战争就这样轻易过去，否定的步枪
瞄不准十环的理想读本
那营房，那操场，那歌声毛茸茸的礼堂

遵从向上提至鬓角的手势
落入失眠夜无处归还的弹坑
时不时，在眼皮上轻微发作

28

除了宿命论与对位法,城市里的植物还向我们提供了什么?
借助被雾霾淋黑的枝条,她们孤零零向隅而语
花序和花期都包裹得严丝合缝,收缩到爆炸物的极致
不向任何居民透露根须下死者的秘密,居民业已丧失身份

可是死者也会借助植物攀爬的触手竭力上升
走上阶梯,迈入楼道,在阳台和天台上来来回回
直到暮色像拉链完全咬合,才回到滴水的教室
蘸蜜吃完一块面包。然后翻开小说,接着折页处读起

植物的词汇,土地的叙事,这些都溢出了我们的理解范围
现成的可以使用的工具,还有日光灯,还有避雷针
需要多远的跋涉,才能在死者中间坐下来

需要多大的耐心,才能拂干净她们留下的厚厚的灰尘
把自己安放在长条桌前,如一尊空空如也的皮囊
在蔓草争青的静里,向持续充实的实体学习

29

少女定义春天。当少女跨越门槛,奔跑进庭院
她们头颅高昂,脖颈弯曲,胸腔轻鸣拂响
她们跃下鹿背欢笑,扬起蹄子追逐打闹
又搂抱在一起,摘去彼此身上的夜之露珠

这样光影移动的情境,谁会怀疑少女的外延?
你折下归隐梦和田园诗,不做停顿
行过油菜花,趟过麦子地,就此离别
浑身的古典农具扔下,一一堆放山脚

哦,不要责备山南的树桩,不要祈求某些雨水
树桩前导集体劳动的幻象
雨水分不清沙子、泥土和瓦砾

一旦少女面向群山,借春意解开衣衫
荫庇消失者自会留下倒拱出地面的坑
更新的树自会适时将它充满,一座水库

30

白噪音,白噪音,燕子提高分贝,压低身姿
尾巴拨开水汽,巡行假日茂密的胶状领地
你用哼唱抵消暑热、债务和钻石耳钉
磁带倒转,第一面反复游吟

忧伤的歌手破镜而出,坐在碎片旁边
剪短头发,刮去胡须,鬓毛梳成人字形
他拿出兜里的线团,从圆点开始抽取
缠绕分叉的舌头,其余的可见之物

时间如此耗蚀,旋律侧面弥补不可知的地方
还有一,就要一,再给一
三重唱青年得以抚平后天的卷边

少年随行如影,探底大剂量的迷幻还有
一个人面朝墙壁的孤独高潮
那种玻璃缸里青鱼集体溺亡的味道

31

电梯自食其力,花生自食其果
永恒静默者看定的动物闯入平原
再三核对门牌号,推开机械蜂巢
汗水里拓走一枚枚细小硬币

饥饿的动物也奔突,也张望,也爱
阳光下把粮食一粒粒计较
但占据平原后,动物主要自食其言
进食是你总能进化的仪器

言语的根茎一面面复印,稍作处理
即可按照目录编制新的图书馆
赝知识没完没了,落空行动指南

动物稳住身子,抽抽鼻子
敲开果壳,尖声发出保守的嘶叫
果衣已然钢化,果仁悄然发芽

32

即使在南方,桃花也是小语种饮料
小口径的火放出来,低空燃烧
局部醉意得以向左提升一度
不留灰烬地酡红一片私有山水

来到北方,桃花带不上整座桃园
披针形叶子在尖端解不开语言障碍
仰赖回忆和书信恢复一些季节
暂住树根深处,也是同一个少年

桃子主动敞开领地,拿出桃核
接纳另一个尚在成形的水果
磕下头去,从此成为尘世的兄弟

瘤节上的朋友。不需要剪枝与嫁接
每个初雪天来饮一杯
桃花便浇灌成了或然性的兰或者梅

33

该如何确定一朵花的父姓谱系？
当她第一次珠胎暗结，弯垂枝头
意欲借尚属清朗的天光
把自己嫁回遥远的东方国度

百花的仙子早已让位给精灵
她们从来不屑于使用飞鸟的架构
年迈的土地持有人业已彳亍街头许久
失业险弥补不了神祇丧失的尊严

可失怙的花仍旧是花，仍旧包藏
词语的祸心，事物的密钥
仍旧在手与手的传递中保有工业光的喑哑

当然不必期待一次亲吻一劳永逸
但只要花的绽放不失时机
就可以指望永恒静默者不失阵地

34

由此转身,自我之猪踟蹰于生铁方阵
反复。翻滚出一身即时的铠甲
蜗牛角的领地,污泥的乐土
经受公交车寒冷的定点迁徙

默数沿途的战争。战争一发
而自行收拾,而好自为之
号角声缀饰以眼泪,以哀悼
向假时间作彻底异化的别离

而尾巴漫长,拖曳于稻粱米瓮
捏合不多的悬念,供给
不存在的骑士后坐的余地

而摩天大楼兀自转动,无心前进
到站提示音响起,皮质层的浮世壁画
借用顺势疗法,向后门出发

35

当!当!当!是谁在半夜敲击水管
是谁?在自来水中如注地失眠
标准间里的青年,是否已独身醒来
刮镜子里那张反向的无名的脸

大地的秘密原本可以借重,可以
扯动绳索,垂直提升至表面
你掬起,送入口中,尝得神话的最高级
信任那幽暗晦明的最初的凉意

如今江河尽毁,无隐私的波澜
解除渗漏、垂钓和潜水,数十里
弯曲黄色的工序,割据枯瘦的杯盘

你坐回浑浊的防波堤,遥看对岸
楼上楼下纷繁亮起的床头灯
拒绝回应一声紧过一声的叩问

36

誓约者,你配给的歌队率先出列
为你张目,为你叙述,为你
他们脱下纯棉的罩袍,走到前台
作这一次见证,指着不可能的倾覆

山水动荡,雨雪交互,无非是
向自然缴纳一份拟态的保证金
无非是名词从自身滑落,在背面止跌
两个声部舍弃白色的殿堂与媚俗

第三声部不拘形迹,在青丝上悬浮
这耦合的催情剂,揳入一口钉子
挂上一副相看两不厌的春天的镜像

歌咏到此为止,你搂住一个女人
不接应永恒静默者随机的婉约的目送
白头清唱,从来也不在意观众

37

房屋耗蚀人的存在,耗蚀
如中心花园的风声挤压肺泡
实有挤出空无,布置无可撕扯的帷幕
每夺得一平米即被划掉一公分

人力的轮子一日一转,周长三十年
售楼小姐来来回回,清减沙盘
你凑齐首付的盘缠,排得一个号码
打开盆景内站位的机遇阀门

脚手架呼应骨盆,暗自攀爬
运送系好安全带、手持户型图的装修工人
无处不在的辐射随他上上下下

这线状热量蒸发你所剩无几的本质
如果满血复活,奠基新的演绎
你是否有解药重建自己,让房屋坍塌

38

班车。前现代的班车,晨昏两次
定点吞吐几块可有可无的拼图
榫头和卯眼尚可彼此保全
而履带磨轻了重量,磨薄了厚度

周期有明有暗,进化到此的男人
按流水的矢量徒步向前追赶
如果时间等分成封闭的段落
你伸手抓不住乌龟尾巴上的响箭

蓝色手套也在下班之后自动切分
抛撒一地的弹簧、发条和线头
手指忙碌蠕动,手掌瘫作一团

当司机起身,你最后一个走下三环
两个袋子的物品各从其类
再过两年,齿轮必将咬合加油站

39

在地下，众生获得平等的速度
有坐有站，有进有出。有人
获得一次性买断的死亡
有人占据过道，手持电话无声痛哭

巡游者永在，以统一口径的面目
他们解下尘世的行囊，推
推倒阴文的世故，围彻你
你换种慈悲，从一到七，暗数

和声依旧环绕膝盖低处
向上一层，永恒静默者的目光宛然
微风吹过花枝静默的苹果树

整理好这一天的世界，乘客快步加入
扶梯与电梯的便携式空间
乱石穿空的，人群奔流的峡谷

40

走下去,一双鞋子、一瓶水
走无机的毒气,走多余的光
走尽向原点复位的荒漠
二分之一弱,二分之一强

蝗虫、野蜜、轮胎,充作食物
蜃景由所见的女人赔偿
只需迈过临界的巨石
耳膜将全力鼓动走的疯狂

盐就这样制作出来
渗透衬衣,晾晒人形结构
在皮肤上烙出蛇的花纹和胆囊

如果走过沙粒,走入辅路的河床
你就找一家连锁快餐店
静脉注射,五个马力的阴凉

41

视作腺体,分泌绝望,分泌消毒水味
可拆卸,可换洗,可以明码实价
药用棉擦去创口的血渍,涂掉类的尊严
你在对面提问,没人予以回答

底层的玻璃门二十四小时全麻
这批发罐装眼泪、无菌遗体的超级市场
或早或晚,每一辆应然的购物车
都拿号进得场来,拣满一车无果花

影子的告别仪式庄严进行
戴上口罩、发套,穿上蓝色无缝外衣
柳叶刀切除箴言,手术钳剥除废话

家属恐惧得只剩一个陪床的器官
悄然无声,提示灯如熄灭般熄灭
请勿吸烟。请勿喧哗。手推车顺流而下

42

从液体而生的飞行的女儿
请先与永恒静默者对视,节拍器响动
请在对视的一分钟里,留意
每一个放大的眼神放大的表情

然后下降。不锈钢栅栏,柔软得
如同白云深处的睡衣和方糖
粉红女人,湛蓝男人,没有色彩的
方生方死的墙,撒在水平面以上的渔网

透视阵列倒放至那个最终的点
那目光所存在的那张从未被提及的脸
你拥有在最初看见的特权,和我们一样

时间到,所见尽皆消融为一团洁白的光
收起洁白翅膀的落入襁褓的女儿
用你最大的力气,响亮地哭吧

43

元音,元音,婴儿坐直身子
追随晨光中大人的手指
指向翻飞的白鸽,俯冲的雄鹰
她从这里,褪下纯的黄金

五个孪生的单眼睛的姐妹
她们拒绝,你将丧失全部器皿
她们如若哭出大滴的眼泪
原本平衡的诗篇将永失安宁

这些你并不关心,这针尖一刻
你不停地指,不停地指
滑动的链条,因为卡住你而固定

世界按住咆哮的火舌,静立
窗外的陌生人也屏气敛息
等待站起的婴儿吐露两个字的复音

44

谁能从人群突出的长喙边缘
辨认出一块方言的锈斑
谁就能在城市庞大的阴影里
找到久别的水井和墓地

光荣的老人撇嘴起身
绕餐桌走上两圈,手指骨节
不时敲击桌面,白色的须髯
暮色中如珍珠若隐若现

你怀抱即将化浆的词典
送走回收库存的囚徒的哮喘
欠一欠身,穿上衣柜里的老人

小男孩笑嘻嘻来到路口
伸手讨要几颗可以问候的糖果
你翻遍衣兜,摸出一把顽固的盐

45

回到南方,回到镜子和雨水的故乡
镜子早在拱桥上脱下他们的亡灵
雨水一夜空心,可以断定死者的沧桑
只有种子如故,把灰烬攥在手心

月桂树登上高台,在八月一轮轮伐下
米黄色的清香,伐下月光如冷霜
老父亲们搬出高脚板凳,各就各位
酒水之实佐以往事之虚,燕饮一场

必定要大醉,要揽住半山的腰身
必定要在半夜起身,灌下一缸凉茶
吐出满腹的荷叶和鲤鱼,一整座池塘

就此抛过一竿的钓线,垂直的鱼钩
就此任水波握住浮标散布消息
你站在水边凝视远处听笛声悠扬

46

机械鱼的下午由通电按钮设定
淋漓的汗水有望湿透剩余精力
隔着落地玻璃,与广场喷泉相望
五组扇形的短鳍,划动跑步机

想起自由泳,变更氧气的输入频率
作为不及物动物,在原地跑起来
跑过二维的千山万水,人体盐碱地
跑完电镀鳃成串的无泡沫的呼吸

然后高抬前腿,走下简易操作台
读取热量消耗的数据,精确到个位
与下方的鱼叉相持三五厘米

鳞片依然镂空,若要进行仰泳
需要换个区域,补充足够的水分
需要换种按钮,烧不尽的草绿打底

47

需要鱼的幻觉,才能在岸上移步换景
在水里自在清明,向斜上方吐出气泡
需要鱼的想象,才能在一个半的固定里
既得面包又得人,一个抽出光滑线条

试探水温的人,她撩动层积的波纹
有高峰有低谷,绾起一圈圈睡意卷边
中心是冷冰冰的没有眼睑的眼睛
眨动你用耳塞间离磨砂的空转的声音

也贴紧池底向前,马赛克上的白色粉末
聚少离多的图案,占卜无情欲的相逢
两种泳姿,先后从五条泳道飞出深水区

你脱去泳镜与泳裤,莲蓬头下张开嘴巴
清洗牙齿的缝隙,梳理皮肤隐秘的皱褶
冲掉永恒静默者日甚一日加持的寄居

48

启航我,镜面。以通透的反射的深度
从椭圆形的会议桌旁,离开十二把
正襟危坐的椅子,发言稿一人一份
越过家具城顶部的广告架与信息发射塔

到对面去,靠拢街区方方正正的岸
选定社区,向无方向的宇宙一层层抬升
卧室里的体重秤,橱柜里擦拭干净的碗碟
在前甲板上翻转生活内脏的微温

进而喷射出灼烧下午的火焰与波浪
睡意的灰烬趁机落向在座的空虚,轰鸣
轰鸣又一个议题疲软地全无着落

你企图就此逼视永恒静默者的永恒之处
橙光一闪,大楼浮现全部弯折的阴影
一段可有可无的插曲,即刻掐灭在烟灰缸里

49

啁啾一声,七层楼阁的室内乐园倒塌在室内
几小块原色的幸福,一小块原初的痛苦
四散回可以一口说出的体积,游戏的粒子
油漆与灵感在俯仰之间一长一短地摇晃

每一次倒塌都是焕然一座全新的天堂
天使也在地板上起身,摩擦三对安稳的翅膀
这纯洁的兽类,适时露出牙床的粉红柔软
冲着女儿把春天的景象低声咆哮、嘶叫

然而女儿并不慌张,她有预感花的方向的小手
她可以重复地累积全木的世界的原型
她也可以拿走书和书桌,让你坐在旁边

你们找准善意的基点,拔出词语的塞子
掊打流质的笑声,让她们穿插稳固的时间玩具
这一系列重影就是创造经验的试错式原理

50

泪水抽搐筋骨,这棉花捏造的拳头
敲打九叶胃器的中部,重击丁当作响
瓶中柳树借出暗黄一隅,悄然
清洗一颗倒影之心预留分寸的结晶

河水何时曾如此肮脏?爱情何时曾
让人端坐木条长凳,如此空旷绝望?
在向东流淌的河岸,你旁观波澜中央
一个男人全力舒张等身少年的哮喘

旗帜并不因此降落羞耻,普通的翻卷
以火的冠冕系牢蓬勃的野草的旗杆
以诱惑以防备他人日复一日地攀爬匍匐

枯瘦下来吧,枯瘦完诉说,枯瘦完
丰腴世事飘摇的咸涩滋味,从那哽咽
你总能订得枝节横生的骨中骨,毋需付款

51
中年不定时,小深渊让渡出潜伏期
兔子,白色的兔子无挂碍地奔跑而过
后腿上拴着的白木桩,咔嗒作响
渐开钙与釉质的缝隙,晚景包浆如雪

你用食指找准死者的酵母,无声滑进
被拔掉的根的空洞,上下仍在咬合
仍在转述三十二个段位的咀嚼
吞咽泥沙无数,吞咽野性残渣的下午

但是兔子的尾巴,局促、柔韧、荒凉
无法在摇动间将暗黑与光亮混淆
无法用预备役的义肢,把食物搅拌

但是那可丈量的一截却足以软化梨形腭部
绒毛轻拂终究不必轮空的开合与输送
冰与火在嘘气,铁与蛇在交谈

52

纸与胶呼唤符号，满员的可按揭符号
如百衲衣，依附衣物的外围质料
补缀女儿的指认，父亲的体认
悄无声息中开闸的落差，游动的悬崖

事物的黏性并无徒劳，世界始终如此完整
在同一个位置不厌重复，不惮注视
二次元空间，张扬着变形的平面
撕扯中，翻转成手指的交响游乐场

正好伪装出玩具的自由，毋需交付
即已注定那并非写实的主意
再欢呼雀跃着快捷的无足轻重的一摁

倒退一步，倒退两步，倒退至充要的距离
歪一歪脑袋，以无可交换的粲然
校准永恒静默者目光熹微的碎叶迷离

53

大水简便,大火简短,大鸟简慢
大风刮过卧室里的白色山峦
白色床单漫过白色砾石,白色乌鸦嘶鸣
白色身体。白色墙壁生灭白色闪电

蓝色女人在一场茂盛的密林大雪中
来到再度发芽的橡木餐桌旁
摆上自带涡状微光的传统静物
用她用不尽的黑色晚餐,任随

一声唿哨,带走沙发上搁浅的迷舟
她打开音响,播放一阵沙沙沙
堵住月光,堵住心头涌起的混合型的丰饶

如果不是白色沸腾,她绝不会离开椅子
用掉半夜喧哗,积蓄毕生的泉水
宽慰你眼里干涸出的一整套春天的鱼骨架

54

坡度并不原路返回,在暗化,在衰减
在某个并不事先言明的点,你取向停滞
只感受得到从左边刮来的风,左边
黄金听从时间的放射,不时毫光颤动

也要在这里安稳器皿的三足,定点练习
膨胀自己,向永恒静默者的目光投食
扇形与锯齿形,短暂的依循旧例的屈伸原理
赎回片刻漫漶的上半场荒废的颟顸之心

候场过后,局部继续填实,扩充面包
局部继续加固一双翅膀无限透明的轻盈
甚至考虑一场及时雨,拒绝下行如其所是

没有其他选项,唯有断崖迎面
感伤的火柴可以横渡一秒钟寒冬,然而
是光源就必须高悬,是弓弦就必须张满

55

闯入者,请放下壁垒,摘下你的面具
听新的楔子如何延时占据
一排同时被夯实与掏空的定居点
逐出升起篝火,即时酩酊大醉的浪游人

请先行习惯一座房屋的固执
一条门中路的平坦,请自行预备宴席
与乐队,坐上大厅蒙着丝绸的最高虚构处
领受酒水,领受紧张,领受迂回话语

那些提前在此的人们,置若罔闻
他们准点交换座位,来来回回走动棋子
局促的意识被他们无宾格的拥抱改变坐标

你再挺进一格,可以就此确立纵深
赢得围观的领地,保留与存放的权利
"虽然这算不了什么",总是单独开放为你

56

众所周知的关口,采集风的人扎紧
皮囊的口子,扎紧肚腹松弛的坠力
站到上风处,双眼溢出早年的半径
落定一张张名片上立等可取的地名

无主的铁锤于此持续敲打,万籁俱响
山水、云雾、风土,自然的箔片
延展至十字形的厚薄,贴上不动之身
外露一颗可以即时清洗的自动之心

存储的念头随即涌起,凝冻胶片,凝冻
种植与阅读的晴雨指南,外加一朵
乳白色的起泡的"虚室有余闲"的拉花

到此为止。拉杆箱填好返程的单据
报销目光中赋得的醇厚醉意,落地的瞬间
向北方致密的浓度,放出你的风来

57

风有节点,冰有支点。末端锥形的金属
寒冷、敏感,刺中带弹壳的机簧
抚顺手套上作为休止符竖起的鳞片
冬日锈蚀的简陋的战车,车辙交错

应声分割湖内平原,犁出平行的深深浅浅
测不准安全距离内,笑语的助推合力
女儿自是天然的指挥,她控制载重
驮负永葆时间的妈妈,驮负母女连体的童年

候补的欢声,等候高音量的通告
即刻上场,拐出一卷追逐与避让的线团
谁都无法用倒放来抽取可预期的轨迹

围栏外,你注视着这一切,不时挥一挥手
更外围的围栏外,永恒静默者的注视
渐次升温,融化成流动的非永恒的水印

58

虚荣!虚荣!木偶携手土偶坐满虚荣咖啡馆
手中的杯子溢出电影和样片,虚影幢幢
他们要么缄口不语,要么口衔世俗的欢乐
仿佛生来就是执掌皮鞋、牛排、护照的神祇

新进的老虎左顾右盼,过了金色的旋转门
挤上卡座的鲜艳,备好足堪信用的舌头
提前预备的十二个问题,你必须一口气问完
以便赢得金身的垂青,赢回指甲盖的勋章

但是逗猫草不期然扬起,柔韧的大部头
让你分神,让你抛开对内循环的盒子的贪念
专注于女人那从未打算停止抖动的手腕

餐巾纸就此在手心里燃烧成方格的稿纸
速朽的灰烬微光内敛,返照有名字的斑斓
尾巴绕圈追逐头颅,桌腿垂直翻转桌面

59

羞辱一块石头,或者
受到一块石头的羞辱
都是源于对石头内部的可能形象
的崇拜臆障

语言的铸剑人
你的困境是
面对石头形象以电话道歉的二次羞辱
如何选择

声音打滑,或颤抖
甚至经验眼泪
羞辱将在剑柄里长久存在

刃口朝前,或朝下
刺进空气中反击
你将在炉火旁度过余生,白白站立

60

站在水面歌唱的少女,头戴花环
黑发赤足,身披南方樱桃的春天
她的眉间歇止了暗红的远山和落日
声音没入水底,回返以轻微的涟漪

划桨的少年,一不小心折断船桨
划入乱石嶙峋的水肥浪疾的芦苇中年
那里江鸥翻飞,云雀销匿无形
拍岸的是累积高楼倒影的无尽沙滩

江水并不在意,涉水者却无法重启
逆行的无垢的欲念,也无法捞起原声
追回一次常驻泡沫中心的容颜

你也就打起响指,吹起含糊的口哨
渐趋疲弱的节奏消失在江面,暗想中
流远了原地的无法触碰的同心圆

61

大门宽阔。在门口张望的门徒
看到狭窄的光,幽暗盘旋至顶的石阶
沿途的书上都落着朽坏的名字
名字深处,取消了再度跟进的可能

你终究要走进门内,择定立身之所
按透视法,找到空白的卷册
赌上自己的名誉,绘制封面,写满内页
再咳嗽一番,把它藏进蠹虫的嘴里

做完这些,照样无关紧要
但你还要伸出野生的手指,在灰尘上
摁下作为回程记号的指印

而永恒静默者仍旧静默
他的目光已越过摆放台上的恐惧
看着你毕生难以接近的书写

62

疑似欢宴清零,疑似瞬间清醒
高处的猫头鹰反复掠过窗外
在她圆溜溜的双眼的俯瞰中
你目睹了谁,谁就获得了黄金

行至中途的离散者,穿上雨衣
念念有词,任意空出自己的位置
也有去而复返者,履行完密仪
带着排空记忆酒精后复活的轻松

再度排定座次,转动圆盘
施以适度的升温,适度的冷却
就能完成小范围内狼藉的永劫复归

而嘀嗒声不会止息,你手上的蜡烛
也会燃下去,把火光与喧哗
传至白银大门紧闭的隔壁

63

从喧闹中,从一个集束化的动词
微微下坠在可倚可靠可躺的层面
施行自助的游戏,召唤落单的夜游的神明
纵然兴味未尽,也保持克制

众多的面目寂然不语,侧立于平行结构
众多的面目坦然迎接你晃动的目光
他们有他们的空蒙,你也有你的怜悯
何妨就此弃置一旁,一再屈伸?

何妨以瘾为上限,将两者混为一谈
追寻合一的不确切的耽延,量杯
不竭地量下去,量自己,也量他们?

那著名的影子借机避让一旁
他的尺度也在裁量,裁量通坦大道的一侧
谁可以走上去,达成一时的平衡

64

词语在词语的细部互换水印,而字
襄助黑色行列中红色的零余客
被无关者关注,被强制性的符号加深
又得以安全地落地,无足轻重

锁定微言的你呵,重新像弓张满弦
在桌子与地面间绷紧变形的脊柱
由上至下,逐节松弛的骨节
积淀足以贯穿竹与纸的遒劲的力

这力恍若真迹,借用偶得的妙手
先行圈出两难的失败的中心,纠结于
由叶至花至果还是由果至花至叶的顺序

而那预备射出的,而那必然射出的
而那从命中之的追回命中之矢的
早已超越行间的得失,沉着定稿

65

你不是你。但是错置总会自我谅解
不定期发作以降魅的密语
基准线如常拉伸,校正你普适的清晨
回归普通的玻璃盛器,擦除

隔夜的氧化霉菌,悔恨无处开释
可挥发的疯狂漏尽,浑浊裸液
残留下断断续续的光影,足够再次
明暗散碎各处的你们,聚合于你一身

还是停住现在,抱着马颈痛哭吧
来来去去的人,再没有谁会穿着隐身睡衣
搓热双手,端正你面前的黑色镜子

再没有谁会点燃一堆时间篝火
火焰如熊,驱除颗粒状绵密铺下的寒冷
用虚掷的温暖,迎候虚脱的你

66
以皮囊,假借永恒静默者的目光
你膨大,你表演,你在而不在
毋须聚焦的片段,你呼喊
呼喊被一个女人否决的应然

微凉的雨水落入灵魂的罅隙
那里空缺已久,干涸已久
天鹅与麻雀占有各自的领地,蒲公英
伫立在开放的没有个性的草坪

是否必然迎来一阵侥幸的风
吹动不用跳伞塔,只需降落的时日
缓慢地,没过麻痹的花葶上部

初始化的震惊也许暗地里结出种子
这可堪寄望的侥幸的侥幸
仍推不开真实的静默,让你畏葸

67

向上。溪水清冷，石头满布词语的苔痕
别无声响、目光，你必须穿着鞋子
涉过流水，借一次次打滑的狼狈
稳住顺流而下的道路，时间里的身姿

算不上就此越过门槛，登堂入室
你推开的，不过是一棵树锁闭的绿荫
石板上晃动着向你澄澈的
不过是先行者一再标识的背影

绿荫可以认作门径，背影
只有背影，才是事与物停止的节点上
实有的流沙不竭生成的陷阱

但你仍需向上，休憩不必考虑
直至死亡前来告知，告知垂在耳际的消息
唯有永恒静默者的静默，一劳永逸